彭歌著

致被放逐者

三民書局印行

中華民國六十三年十一月初版
中華民國七十四年 三 月再版

©致被放逐者

基本定價壹元壹角壹分

著作者　彭　歌
發行人　劉振強
出版者　三民書局股份有限公司
印刷所　三民書局股份有限公司
臺北市重慶南路一段六十一號
郵撥：〇〇〇九九九八－五號

行政院新聞局登記證局版臺業字第〇二〇〇號

三民文庫編刊序言

書是知識的滙集，知識是人人必備的，因而書是人人必讀的；我們出版界的責任，就是要提供好書，供應廣大的需要。不但在內容上要提高書的水準，同時在價格上也要適合一般的購買力，至於外觀求其精美，當然更是印刷進步的今日應該做得到的。

知識是多方面的，社會科學、自然科學的知識，文學、藝術、哲學，歷史的知識，莫不為人所必需，推而至於山川人物的記載，個人經歷的回憶，也都包括在知識的範圍以內；這樣廣博知識的滙集，就是我們所要出版的三民文庫陸續提供的讀物。

在歐美日本等國，這種文庫形式的出版物，有悠久的歷史及豐富的收穫，人人愛讀，家家傳誦，極為我們所欣羨。近年來我國的出版界，在這方面亦已有良好的開始；我們願意站在共求文化進步的立場並肩努力，貢獻我們微薄的力量，參加栽種的行列。我們希望得到作家的支持，讀者的愛護，同業的協作。

中華民國五十五年雙十節

三民書局編輯委員會謹識

前記

世界在動亂中，文學工作者在心靈上往往感受到沈重的壓力，更甚於常人。本書以介紹文學方面的新書爲主，兼及時事與新聞。蘇俄將一九七〇年諾貝爾文學獎得主索忍尼辛放逐，此不僅是世界文壇上一大波瀾，亦是在此動亂的世界中具有不尋常意義的大事。我在「致被放逐者」一文中對索氏的英勇奮鬪，深致欽遲之意；但也討論到自由世界中某些墮落的傾向，有誘惑並腐蝕人類創作精神的危機。此則不單是對索氏而言，亦是與自由天地中從事文學寫作的人互勉互勵之詞。因爲，「從某種意義來說，我們都是被放逐的人。你被迫離開你的祖國，我被迫遠離我的鄉土。」由於自己對這一意念如此珍重，乃取爲本書的書名。

「致被放逐者」是我在聯合報副刊「三三草」專欄結集的第十本，共收六十六篇。「三三草」自民國五十七年三月三十日開始，前已結集的單行本有「書中滋味」、「青年的心聲」、「取者和予者」「祝善集」、「暢銷書」、「筆之會」、「書的光華」、「回春詞」、「讀書與行路」等，都由三民書局印行。這些小書謬承讀友們的喜愛和鼓勵，令我深懷感激之情。我更應感謝師友和讀者們的習勉指正，以及聯合報、三民書局的朋友們爲我安排出版所賜予的協助。

彭歌

中華民國六十三年五月四日

致被放逐者　目錄

目錄

致被放逐者

自從二月十三日你被放逐而離開你自己的祖國之後，一轉眼將近一個月了。這些天來，從報紙、雜誌、電視和廣播裏，不斷得到你的消息，不斷看到你的風采。在地球的遙遠的另一邊，我和千千萬萬崇敬你的人一樣，爲你終於掙脫了不自由的桎梏而慶幸；也爲你在極不甘心的情況之下被迫遠走天涯而憤怒。細想起來，還是慶幸的成分比憤怒來得更多，雖然你早已自分必死，而且視死如歸，但我相信許多人都會同意我的想法，我們不願意你成爲「烈士」，這個世界需要像你這樣正直而勇敢的天才，爲自由而不惜以生死相爭的巨人。

你的被放逐，究竟證明了什麼，我到此刻還沒有想得十分明白。證明時代在進步，暴政在萎縮嗎？筆眞的勝於劍嗎？你所寫、所爲、所說、所想的，如果發生在一九三〇年代，恐怕早已死無葬身之地。他們消滅你猶如捻死一隻螞蟻。一九七四年的筆就那麼強嗎？我很樂於相信，但我仍不能不懷疑。

也有人說，你之所以成爲五十多年來第一個從蘇聯公然走到外面來的自由人，是由於當前國際間「和解」的錯綜關係。這話我更不相信。尼克森先生簽約的筆，一千支也抵不上你一支。但，他們畢竟把你放了，這是事實。爲什麼？我猜想，他們是想用殺害你肉體之外的方式，藉別人的手來殺害你的靈魂。

讀你的「一九一四年八月」（了不起的好書），最使我感到悲痛的是：你說，你恐怕有生之年無法完成你的寫作計劃。當時你不知道能否活到第二天。而我最佩服你的是，你說，無論俄共的特務怎麼狠，都沒有能使你一天中止寫作。

如果不寫作，如果沒有作品，索忍尼辛先生，你也不過是紅塵萬丈中的另一個凡夫俗子。自由是可愛的，想來你已開始嚐到它的滋味。但自由也是危險的，你可能不知不覺落在它的陷阱之中。近一個月來，讀到有關你的各種報導，但惟獨沒有涉及你寫作的報導。秘密警察作不到的，自由世界已經作到了，而且以後還會繼續地試探、誘惑，得寸進尺。

自由與腐化。對，這就是我想用的字眼。在共產黨的暴力威臨之下，你激勵鬬志，抖擻精神，每一個字、每一個意念都是堅若金石。然而，自由卻可能使你懈怠，使你軟化，使你沈醉，甚至使你墮落而不自知。

一個眞正的英雄，決不活在過去的光榮之中，或過去的痛苦之中。我不願見你成爲一個到處被歡迎的名流，正如同我不願見你成爲一個墳墓上沒有十字架的烈士。寫作啊，先生，托爾斯泰活了八十二歲，你還有二三十年的時間；你將用你的作品證明，眞理不會被空間阻隔，天才不會被時間埋葬——也不會被獻花、演講、電視、訪問，和報紙上的大標題所埋葬。

六十三年三月八日

珍重

不知道爲什麼，因爲你得到了自由，我在替你慶幸之餘，格外爲自己慶幸。

從某種意義來說，我們都是被放逐的人。你被迫離開你的祖國，我被迫遠離我的鄉土。失去的是如此之多，如此之珍貴，如此之令人魂牽夢縈。

然而，你有了你從來沒有享受過的自由，你的妻兒不久可以團聚，你有蓋世的聲名，不朽的傑作，還有你無意得來的六百萬美元——不要看輕這一點，今後有很多人會因爲這個而特別喜歡你，諂諛你。

而我雖一無所有，卻在鐵幕之外有我自己的國家。我知道我所踏的土地是屬於我的，我周遭的人說同樣的語言，有共同的情感和文化背景。生活在他們中間，令人覺得安然。

六百萬美元可以使你享受很好的小布爾喬亞的生活；即使在歐洲，那也不是太小的布爾喬亞了。然而，六百萬美元仍遠不足以買一個自己的國家。我就因爲這個爲自己慶幸，而亦對你格外感到同情。

去國懷鄉的孤獨感，是沈重的，痛苦的，但那種痛苦對你是一種觸媒。燃燒你的生命，給世界以光芒。

無人能否認你是一位勇者。轉化痛苦的呻吟爲熱情的吶喊與森嚴的冷笑，你的聲音使一個醜惡的帝國動搖。你彷彿創立了一種捨身殉道的宗教，西伯利亞的雪地冰天與千里異鄉的孑立孤絕，都是你爲了證道而必須付出的代價。

偉大的心靈，總是關懷着衆人的疾苦，以仁心待人，而很殘忍地對待自己，選擇最崎嶇艱難的道路。你現在走的是正是一條艱難的道路，捨此之外，你別無選擇。

自由不是完美的，在你可能尤其感到不習慣。讀到你在瑞士發火的消息，很生動；你當面斥責兩位晝夜追隨的法國新聞記者，你說，「你們比蘇聯的秘密警察更壞。」不幸的是，這是你爲了自由而不得不忍受的懲罰。自由世界裏有許多討厭的人，大體說來，新聞記者還算是其中比較可愛的一種。

爲了反抗權威，你處之以極大的決心、勇氣；爲了享受自由，可能你需要更大的決心、勇氣，還有耐心。

你說過，「好漢只死一次，孬種才死一百回。」

自由人有一百種一千種死法，奴隸只有一種。自由人的死不全都是光榮的；卡繆酒後撞車，海明威開槍自殺，波特萊爾抽鴉片煙，三島由紀夫瘋狂切腹，都是小小的悲劇，在自由的天地中。

而你，千萬珍惜你自己。在這混亂、虛僞、冷酷的世界上，正有億萬如我這樣平凡的讀者，期待你的新作，鬭士，你要爲自由而奮戰不息。

六十三年三月九日

一士諤諤

蘇俄境內目前流行着一個笑話。

一百年後，一位歷史教師問小學生們，布里茲涅夫與柯錫金是何許人？全班只有一個小孩提出答案：「大概是索忍尼辛時代的政客或要人吧。」

也許用不了一百年，今天炙手可熱的共黨總書記和總理，都免不了「玉環飛燕皆塵土」的命運，在歷史的洪流中湮沒無聞；然而，索忍尼辛的大名常在。那笑話並不見得是笑話；今天，還有多少人說得出來託爾斯泰時代的沙皇與將相是些何等人物呢？

「中副選集」第八輯最近出版，其中收錄拙作「蘆葦與巨人」一篇，介紹索氏其人其作。這位諾貝爾文學獎得主的主要作品：「地獄第一層」、「癌症病房」、和「一九一四年八月」，現在都已有了中文譯本。

「一九一四年八月」是舉世公認爲他截至目前最好的作品。有前面兩個長篇，他已具備贏得諾貝爾獎的資格而無愧；但是，一定要有「一九一四年八月」出，才充分顯示出索忍尼辛的確是足以與託爾斯泰分庭抗禮、後先輝映的文壇巨人。

黃文範兄埋頭翻譯此書，窮半年之力而完成。書分兩部，中文本五十餘萬字在七百頁以上，定八月間由臺北世界文物供應社出版，這將是本年國內文壇上最重要的翻譯之一。前兩天收到文範兄寄來全書的校樣，抽讀其中緊要關節的幾章，深感譯筆傳神，與原作有相得益彰之妙。

文範兄兩度留美，譯著等身，而他譯此書更有一個常人所不及的優越條件。他是陸軍官校砲科畢業，與索忍尼辛相同。如書中若干名詞爲英譯者所誤，他都一一訂正；更重要的是寫到大兵團會戰，若非職業軍人出身如文範者，恐不能譯得如此細密生動而有條不紊。第一部第十章的場面卽其一例。

此書人物衆多，情節複雜，非短文所能盡。但最重要的一點，也是索氏與託爾斯泰最不同的一點是，「戰爭與和平」雖認爲造就歷史的力量在人羣而不在英雄，但個人往往隨歷史洪流而浮沈，索氏則認爲，一個人的挺身而起，其結果可以拯救他人。千夫諾諾，未若一士之諤諤。一名士兵的勇敢奮戰，一位作家的堅持眞理，「或許皆足以力挽狂瀾」。

能瞭解他這種心情，我們才能體會出何以他堅決反共，不計安危，而又絕不願離開他自己的國家。

他的作品不僅是記錄一個時代，更創造了一個時代——至少在文學上是如此；一種堅持信念，絕不俯仰由人的風格。

六十二年七月十五日

澳洲一文豪

一九七三年諾貝爾文學獎的得主，是澳大利亞的小說家帕垂克・懷特（Patrick White）；對於這位作家，國內過去所知無多，他的作品似還不曾有譯成中文的。

澳洲文化是英國文化的分支，澳洲當代的著名批評家何安（Donald Horne）曾痛切指出，「倫敦下雨了，雪梨居民出門便要捲起褲角來。」他認爲這種時代早應該過去了。懷特之能獲得諾貝爾獎，與雪梨今年落成的音樂廳一樣，都表示澳洲人有自己的文化；那音樂廳費時十六年，耗資一億五千萬美元——然而，論其對外的影響，仍不及懷特得獎這樣引人注目。

懷特的先世是澳洲新南威爾斯牧羊場的場主。他的父母一度回英倫小住，懷特便是在一九一二年出生於倫敦；六個月時隨父母回澳洲，十三歲再到英國讀中學。第二次大戰期間，他參加英國皇家空軍。澳洲文化包括文學在內，是靠英國奶水哺育而來，懷特似亦不例外。

懷特是第二次世界大戰以後最重要的澳洲小說家，根據手邊澳國新聞局所編有關小說家參考資料所載，他的主要作品有以下幾種：

一九三九年的「快活谷」（Happy Valley），寫一個已婚的醫生與一個音樂教師的愛情故事。

一九四八年的「姑母的故事」（The Aunt's Story）主角是一個老處女，生平總是受她母親的影響而演成的悲劇。

一九五六年的「人之樹」（The Tree of Man），寫一個酪農的一生。這本書使他開始在國際文壇上嶄露頭角。

一九五七年的「巫斯」（Voss），主角是十九世紀一個心不在焉的探險家。

一九六一年的「馬車中的騎士們」（Riders in the Chariot），這是他塑造人物以說明神秘的主題最爲成功的一部小說，其中有一個在父母留下來的古邸中度其一生的女人，有逃避納粹暴政的猶太人，有一個嫁給酒鬼的洗衣婦，還有一個澳洲土著的畫家。有人認爲這本著作是他榮獲諾貝爾獎的主要「本錢」。

一九六六年有「可靠的曼達拉」（The Solid Mandala），寫一對孿生子的故事：一個是蠢才，另一個是飽受折磨的知識份子。

一九七三年九月，又發表長篇巨構「暴風雨的中心」。據說，此書反應毀譽不一。瑞典皇家學院對懷特的頒獎的評語是：「酬獎其史詩式的和心理學的描寫藝術，以及他把文學引入了一片新大陸。」前面一句話幾乎在十位大小說家中，總有九位都可以適用；後面一句也許才是他的眞正的功勞——即使是輪流攤派也好，澳大利亞總算有了她自己的文學與足以自豪的文學家；法國作家德・布吳瓦公爵曾說，「澳大利亞本地的特色，就是沒有本地的特色。」懷特爲澳洲添上一點兒特色，一點兒特別値得一提的東西。

六十二年十月廿六日

政府與文藝

由於要瞭解本年諾貝爾文學獎得主懷特的背景，讀了幾本有關澳大利亞的書，其中最好的一本，是曾任駐澳大使陳之邁先生所寫的「澳紐之旅」，三六八頁，華岡出版部出版；內容涉及歷史、地理、人文各方面，以輕逸的文筆，旁徵博引，深入淺出，頗能引人入勝。可惜對澳洲文學家談到者不多。其中特別提到何安（Donald Horne）是一位觀察敏銳、文筆犀利的評論家，何安在「幸運的國家」一書中，作了嚴格的自我批評。他指出澳國自立國以來，「不曾有過任何具有創造性的政治及社會運動。政府和人民對此事漠不關心，禍到臨頭只會向倫敦求援。」他不僅認爲澳國國會辯論的水準「世界最低」，而且指出整個社會也都自甘平庸，「平庸竟成了社會的制度。」

碰巧十月九日的「新聞週刊」上，有六頁澳國的專輯，大半是何安的一篇文章。他說，過去的政府是「反文化」的，主要的文化活動是禁書與禁電影。近年則採取了積極的作法。

澳國政府中有一個藝術委員會，主持者是五年前在雪梨大學任教的巴德斯壁博士（Jean Battersby）。一九六八年她接事的時候，那個委員會的年度預算只合二百二十萬美元，一九七三年度增加到二千一百萬美元。這位女博士如今被稱爲澳洲的「藝術沙皇」；因爲她所握有的經費，的的確確可以作許多事情；美術、音樂、戲劇，無不受到積極的鼓勵。

何安的文章中指出：在文學方面，澳國現有一百十九位作家在接受政府數額不等的贈款，其中有三十位經政府保證撥給三年的「基本收入」，讓他們去安心寫作自己所要寫的作品。

三十四歲的小說家摩爾浩斯（Frank Moorhouse）是這三十人中的一個。他說，澳洲作家的共同特色，受到澳國對世界的關係所影響，「我們是從邊緣朝着裏邊去看。」摩爾浩斯強調，澳洲作家是不爲傳統觀點所拘束的。

自由的作家通常不屑於向政府拿錢的。但摩爾浩斯認爲，藝術委員會的辦法未嘗不好，「只要你抱着正確的態度就行了。」他說，有許多澳洲人對於具有創造性的人才，「全然不肯相信，」認爲把錢花在文藝工作者身上，他們一拿到錢就會送進賭場，輸個精光。他說，對於具有遠見的文藝政策，眞正的考驗是，看它究竟能容忍多少次失敗。摩爾浩斯的新作「美國人，乖乖」已經風行一時，他沒有失敗。

懷特當然更是大大成功。一個諾貝爾獎金得主的影響力，在目前的情勢下，也許勝過好幾個機械化師團。

惠特林政府傾共媚匪，是大敗筆。然他對內的若干作法，似仍不可一筆抹煞。他的選票不僅得自勞工，也有知識份子；他的文藝政策是相當果敢的。附帶說一句。澳國人口一千二百萬，比我們少三百萬人。

六十二年十月二十七日

青年的小說

今天青年節，我要特別介紹給青年朋友們一本書。它已擁有廣大的讀者，本不限青年，但我相信青年人讀起來會特別感動，並且受到深刻的激勵，甚至於「誘惑」。

英國作家克羅寧（Archibald J. Cronin）寫的「一個美的故事」（A Thing of Beauty）。分爲五部，五六六頁。陳紹鵬教授譯，純文學社出版。這是一本「重量級」的小說，不僅篇幅長，情節曲折，而是因爲它從平凡卑微的衆生相中表達出那樣震人心絃的力量。

書中主角德斯蒙，在牛津大學畢業之後，立志要成爲畫家。他不惜重違父命，與家人決絕，拋棄教會方面的錦繡前程和美麗的愛人，隻身到巴黎去學畫。這是一個青年敢於向傳統挑戰，並坦然承受一切後果的故事。他所遭遇的，是古往今來許許多多有才賦、有志氣的青年人遭遇過的悲劇。

貧窮、飢餓、流離失所，是最起碼的考驗。操勞過度，營養不良，以至於染病死亡，是這悲劇的必然。更難忍受的，是他半生中所受到的誤解、輕視、欺騙、失戀。然而，他畢竟成功地達到了他的願望，直至垂危之際猶念念不忘潤飾他最後的一幅作品。他無視人世種種坎坷，而惟是追求美的完成。

我總覺得，能使青年們熱血沸騰，百折不回的，不是一些徒然高尚而過分籠統的抽象名詞，而是活生生的人、事、感情。文學藝術之所以不朽，一部份理由即在於此。

偉大的小說總是以突出而有趣的人物爲成功的要件。克羅寧刻劃人物，細膩生動，嘲笑中不失敦厚之旨。當德斯蒙初到巴黎誤交一些壞友伴，有位多年老友後來責備他的那一段話頗有警世的意味：「這巴黎城裏也許有一萬個掛羊頭賣狗肉的傢伙。在他們想像之中，大家都是藝術家。因爲，他們學一點，畫一點，整夜坐在咖啡館裏，喋喋不休，談他們尚未誕生的傑作。你簡直就是其中之一。……要畫畫就得用功，用功，再用功。刻苦用功，不顧死活的用功，肝腦塗地的用功。」

對青年來說——不必都是想成畫家，只要你有一個自認爲值得追求的目標，就都要有這種不顧死活的精神不怕犧牲。

德斯蒙在氣質上流露出年人常有的特色——善良的本性，執着的決心，有時易於被人欺弄，譬如他和馬戲團賣藝女郎的戀愛。他最後終與樸實純厚的珍妮重聚，找到了眞正的自我。這本書指出了天才的悲劇，正如原書前面引龍蒲梭的名句：「有天才的人在活着的時候，非但默默無聞，甚且無以爲生。等到百年之後，世人爲他們勒石立碑，歌功頌德，藉以彌補。」

六十三年三月二十九日

主流

被稱爲「英格蘭的新狄更斯」的克羅寧，出生於一八九六年，今年已七旬有八高齡。他出生於蘇格蘭，據「國際名人錄」所載．目前卜居瑞士，頤養天年。

他的作品，無論質與量，在當代世界文壇上都應屬第一流。我們應特別感謝陳紹鵬先生，「鐵窗外的春天」與「一個美的故事」都因陳先生的譯本而引進我國文壇。

讀「一個美的故事」很容易令人聯想到毛姆的「人性的枷鎖」。克羅寧自己也很推崇毛姆；在英國以外，克羅寧似不及毛姆享名之盛，但我們卻不可因此而驟論高下。我感覺，如果用美國作家來作比，克羅寧之於毛姆，彷彿是佛克納與漢明威之間的差別。克羅寧在平淡之中所表達的沈鬱蒼涼之氣，是毛姆所不及的。

他雖然被尊爲「新狄更斯」，其實與狄更斯相近之處似乎不多。時代與社會背景不同，這還不是最要緊的，就寫作風格言，克羅寧更理性、更明淨、更收斂，狄更斯那種誇張的諷刺與詼諧，在克氏或有所不取。他們相同的，是誠摯的愛心，廣博而寬諒的同情。

青年克羅寧專攻醫學，格拉斯哥大學和倫敦大學都曾授予博士學位。在倫敦行醫生涯一帆風順。可是三十四歲那一年忽患胃潰瘍，不得不回蘇格蘭高原療養。就在養病期間，開始了他的文學創作。

陳先生有長文說明克羅寧棄醫就文的經過，取材自克氏自傳「兩個世界的冒險談」。其中有兩件經歷，對他後來的成就有極大關係。一次是當他的處女作寫到一半時，一度失望灰心把原稿拋棄。那天，他遇到一個老農，正在努力挖掘一塊泥炭荒地。那老人說，他的父親終生在挖那塊荒地，他自己又挖了一輩子，「我父親知道，我也知道，挖的功夫只要夠了，這塊地是可以開墾成牧場的。」這也正是中國人「鐵杵磨繡針」的意思。

另一次在戰後的義大利，在斷瓦頹垣的荒村中，他遇到一個老婦人，問她何不離開這個毫無希望的地方，另謀生路？她說，「這是我們的家。我們並不認爲這裏已經沒有希望了。」她雖然連住的地方都沒有，仍熱心地從海邊檢石頭，和村民們在樹林中建一座教堂。

克羅寧的作品也不時流露出這種傾向——無論在怎樣絕望的情況下，只要不失信心和勇氣，

「這個世界畢竟還是有希望的。」

克羅寧不喜喬伊思的意識流方法；他自己的風格反映着平易近人而又有所執着的性情與教養，沒有飛沙走石，奔濤驚雷式的故作驚人之筆。他毫不新潮；然而，我覺得他無疑是泉源滾滾的主流人物。

六十三年三月三十日

有意義的模式

小兒子面前擺着一本厚厚的書，是布萊德雷編的「文學中的美國傳統」第二卷。他忽然問，「爸，你知道這個人嗎？」他指着目錄頁上的名字：額普戴克（John Updike）。

這人我有數面之緣；漢城舉行國際筆會大會時稍有交往，其人長身玉立，英年俊發，是美國小說家中頗令人矚目的一位。「你問他作什麼？」我有點兒擔心他要來考我．額普戴克的作品，我讀得實在太有限。

兒子笑着說，「吳魯芹先生說，你和他有些相像，也許大概是這個意思。」

我們這一輩人，在自己的兒女面前最難逞英雄。偏偏吳先生的文章被他先看到，使我不免大爲得意。

魯芹先生寫的『「眉批」美國文「市」』，載於「幼獅文藝」一月號，泛論當前美國文學界人物與風氣，提出若干語重心長的建議和批評。其中關於額普戴克的一段題外之言是，「我每讀此人的作品就容易想起在臺灣的小說家彭歌。他們的文章都有一種 Lyrical beauty」。他說明這兩個字不宜譯爲「抒情的美」，因爲「忽略了其中的音樂性，忽略了好的散文必需有的節奏。」

魯芹先生近十多年來旅居美國，少有機會讀到國內的作品。他回憶去國之前的情形說，「當時，讀彭歌、姜貴、朱西寧以及稍後一點的白先勇等人的作品，對他們在文字技巧上肯下功夫，眞是懷着感激之情的。」讀了這一段話，眞令我感激之外更加上無限的愧怍。

吳先生是在文學方面眞正下了苦功的人；在國內時，臺大、政大都曾開過課，翻譯作品甚多，而他的小品如「雞尾酒會及其他」，是足可與梁實秋先生的「雅舍小品」並傳，溫柔敦厚之中有其風趣的名作。十多年前，他給我的鼓勵極多。近年音訊雖疏，三年多前在華府見到他時，還曾殷殷致勉，「你怎麼可以不寫小說？」這句話，一直存在我的心上。人生在世，不可能爲許多人活着；某一個人的某一句話，卻可能有無比的重量。這樣的話，足以令我眞正「不安」，而且常常回味。

吳先生閒談與寫文章，都喜歡用「手藝」一詞；然而，他認爲「手藝」只是起碼的條件之一。他在「眉批」裏強調，「一部小說，或者任何一種形式的眞正的想像文學作品，必需具備亞里斯多德在悲劇中看到的要素，那就是要把人生經驗安排成一種有意義的模式，對眞實生活忠實與否還在次要，任何一本像樣的小說都該做到這一點。」這話是文中的要點之一；這是他眷戀故國，關心文學，對國內從事寫作的朋友們的獻議之一。我在想，「什麼時候再開始寫小說，再去嘗試安排一種有意義的模式？」中心不覺悃悃。

六十三年二月八日

威爾遜十四條

常常聽到朋友們慨嘆，認爲國內的文學界十分寥落。這話實在很難辯解。作品在質上鮮見有出色的進步，大家都有同感；不過，國內作家是在什麼情況之下從事寫作，眞正瞭解的人恐怕不多。

調整公敎待遇是一個理直氣壯的要求；提出來卽使一時辦不到，仍無改其爲「理直氣壯」。作家的待遇則好比「西遊記」裏孫悟空神職經歷的第一項：「弼馬溫」，是不入流的，連提也不值得提起。

此處所說的並不僅是指稿費版稅那些有形報酬；有形報酬當然很重要，但從事寫作的人最關切的未必是那些。糟糕的是，我們社會上至今似乎並沒有完全認識到可以有「作家」這一行當。

所有從事文學寫作的人，幾乎全都是「兼操副業」；單靠寫作，就是存心「爲稻粱謀」也謀不出所以然來；他的社會地位，也幾乎全都是以他的本職爲轉移的標準。「純文學」的招牌很好聽，「純作家」就不大妙了。這是很冷酷的現實。

吳魯芹先生在「美國文市眉批」一文中，提到美國文壇重鎮威爾遜（Edmund Wilson）：說此公有一張明信片，「印了若干條他歉難照辦的事，用來應付外界的干擾。」略略數了一下，其中包括十四條：「一、不能審核文稿。二、不能爲別人宣傳用而發表任何聲明。三、不作文藝競賽的評判。四、不發表演說。五、不能在電視上亮相。六、不參加作家會議。七、不答覆問題。八、不參加什麼座談會之類的玩意。九、不能把自己的著作送給圖書館。十、不能給不相識之人送上自己簽名的著作。十一、不能讓任何團體用他的名字作發起人贊助人印在信紙上。十二、遇有詢問他個人身世的調查表，概不答覆。十三、更不能供應自己的照片。十四、至於徵詢有關文學或其他問題的意見，也一概置之不理。」

我不知道國內文學界朋友們對此有何感想？我認爲，如此「潔身高蹈」，恐怕不容易作到，而且近乎矯情。然而，這裏面所包括的卓然有以自立的精神，卻是令人心嚮往之的。

爲什麼？惟有當作家眞正被承認爲一種獨立的、受尊重的行當，他才能夠這樣作；他這樣說才有意義可言。

而在寫作是「副業」的環境中，寫作的人就很少有「免於干擾」的可能。一種社會現象——相當長期的現象，不是偶然出現的。一面抱怨文學界沒有什麼好作品，一面又不能積極從事「水土保持」，這將像鷄生蛋，蛋生鷄一樣，永遠難有滿意的答案了。

六十三年二月十六日

縮短差距

十七年前，寫過一個長篇「流星」。其中的男主角曾想像他要有很多很多的錢，金錢可以賦予權力。後來，「錢，成千成萬數都數不清的錢，在他的指縫間來往。從早到晚，從星期一到星期六，他都在爲收進和付出大把的鈔票而忙碌……那令別人渴念而使他厭煩的東西。」

他是一家很闊的銀行裏的一個出納員，「一種最容易使人變成有破爛鈔票氣息的職業。」我形容「這是人生對於一個人的人生觀所開的一個小小的玩笑。」

前些日子，由於某銀行和某著名的女士之間發生了溢領新臺幣二十八萬元的新聞，轟動一時，此案已由法院裁定爲證據不足而雨過天青；但這是以後還會常常被人想起與提起的有趣的話題。

銀行本來就不是一種「深得人心」的行業，「晴天借雨傘，下雨天又要回去了」的說法，是世界性的定評，如再加上服務態度稍差，帶着含有破爛鈔票氣息的「以富貴驕人」，當然更容易引人反感。

在銀行裏服務的人，也是薪水階級；至於坐櫃臺數鈔票的人員，更是去富貴甚遠，不幸的是，他們屬於「有錢」的建制中的一份子，犯了錯也還落得一個「人心大快」，此中因由，銀行界眞得好好檢討檢討。

社會的同情心，似乎一上來就落在「鬢邊斜插一朶紅花」的那一邊。彷彿平日與銀行接觸所遭遇的種種嚕囌，都從這一事中出了一口氣。不過，某女士曾有一段自辯之詞，說得似不十分妥當。記得報上登載的大意是說，她在臺北和香港都有房有地，銀行中又有多少多少的存款，怎會貪圖這區區二十八萬元的儻來之財？

她的話當然是眞的，只看她兩個星期裏就能掏出以千爲單位的美鈔來換零用錢，彷彿買一包長壽香烟一樣輕而易舉，可爲證明。然而，她的話似乎隱然暗示，如果她不是有房產、有存款，而是和我輩一樣的市井小民的話，可就有點兒靠不住了。這是一種「有雨傘的人的哲學」，多少也還是帶點兒破爛鈔票氣息。

道德如果是絕對價値，就不必以財富爲附屬條件，某女士當時有蒙寃受謗之虞，所以才有此急不擇言，值得原諒。但由此也使人想到，「縮短貧富差距」的話，的確太重要了，貧者與富者，不僅生活上有差距，連對許多事的想法上也有差距。

這件事已經結束了，所餘下來的一個疑問，也許是永遠得不到的答案的疑問，那二十八萬塊錢究竟到哪兒去了呢？

六十二年三月二十四日

思古之幽情

前些年，聽朋友講過一個笑話，是笑話，也是千眞萬確的事實。某金融界鉅子爲母親作壽；同行的另一位巨子送了一幅壽幛，高懸壽堂之中；許多位賀客看了都暗暗稱奇，那上面赫然有四個金字：「母儀足式」。照字面來解釋，毫無不敬之意。無非是恭維某巨子的令堂大人嘉言懿德，訓子有方，足以爲當世的模範母親。這有什麼可以驚奇的呢。問題在於中國社會的習慣上，「母儀足式」表面上雖似善頌善禱，卻是專爲對方百年之後弔祭之詞，用來祝壽，未免不倫不類。

講笑話的朋友，工詩能文，博覽百家，雖有玩世不恭之目，於文字一道則向來頂眞，不過他並不泥古。對「毋儀足式」事件，他說是只要送者不存惡意，受者並未介懷，旁觀者也就大可不必爲此而覺得「不得了」。

說眞的，本來也就沒有什麼不得了。

這件事可以分作兩面來看。一面是國文知識的低落，是整個社會的普遍現象，猶不止限於大中學生，因而就更値得關心。從另一面看，社會在進步，知識在擴充，新的東西學得多了，免不了要拋棄一些舊東西。多年相沿下來的某些規格與傳統，慢慢地退化乃至爲大多數人遺忘，這毋寧是大勢所趨，無可如何的事。

從前──也不必很古老的從前，讀書人吟詩、塡詞，乃至於作作對聯，詩鐘，行行酒令，可說是明經通史以外必修的小道。手段高下是另一問題，會總是會的。現在，會這些玩藝兒的人恐怕還沒有懂得怎樣玩「賓果」的人多。

譬如殯儀館裏行喪禮，儘管滿堂的輓聯似雪，佳作已難得一二。且不說用典貼切，平仄工整，眞有上下聯字數都不一樣的。

我還是覺得這沒有什麼了不得。社會進步了，知識擴充了，人與人之間表情達意的方式與習慣也不斷在改變，墨守成規，文字縱然萬分「古典」，若不能表達眞情實意，究竟有何意義可言？

治喪委員會的祭文，委員們都是朝野名流，學林碩彥；那篇祭文依然是古奧典雅的「嗚呼哀哉尚饗」。當時內心棖觸萬端。胡先生畢生最大的貢獻是提倡白話文，發起文學革命，使我們受惠至今，也大有功於中國的現代化。他九泉之下有知，對那種四個字一句的東西有何感想？

民族是生生不息的，文字也是生生不息的，對於必然要生長、要萎謝的東西，固然應有專家去整理、保存、研究，但對大多數人而言，已經無需過分地懷着思古之幽情了。

六十二年四月六日

二度梅

有位朋友曾對我說，「每天的工作忙迫不堪，有時候眞是忙得喘不過氣來。可是，到了夜深人靜之時，回頭想一想，究竟忙了些什麼？」這一分悵惘的心情，我想很多人都會有同感的；尤其是我們中年人。

年輕的時候，眞覺得生命是無限的；所謂「人生不滿百，常懷千歲憂」之類的話，懂彷彿也懂了，但並沒有什麼切膚之痛的感覺。步入中年之後，「去日苦多」，再想想自己究竟作了些什麼，就不免悽惶嘆惋，悲從中來。

世間有些人，譬如紅樓夢的賈寶玉，屬於「無事忙」的一型，自朝至夕，席不暇暖，要那樣才覺得浮生並未虛度。那種心情，我始終無法理解。

剛讀到林白夫人（Anne Morrow Lindbergh）的「來自海中的禮物」——中文讀者文摘上譯爲「幾只貝殼」，她也提到同樣的煩惱。她說，「生活的基本前提就是不斷擴展交際圈，」人不僅有家庭責任，還有良好公民應盡的社會責任、國家責任和國際責任。社會的與文化的壓力、報章雜誌、廣播電視、政治運動和慈善團體，都在敦促人要履行這些責任，她感慨萬端地說，「這是賢哲警告我們要避免的繁複生活……這樣的生活並不帶來和諧，反而破壞了靈魂。」

她把青年期比作美麗的櫻蛤殼，而中年卻是蛻殼的時期。「我們不是也可以把中年看作梅開二度的時期嗎？」她指出，進入中年，「你已經丟開許多生理上的掙扎、世俗上的野心、和繁忙生活中的物質障礙，你可以自由自在地完成你忽視了的工作。你可以自由地讓你的心智、感情和才能成長。」換言之，終於逃出緊閉的櫻蛤殼掌握而重享自由。

多麼羨慕這句話，「完全我行我素，那將是多大的解脫！」

如果完全自由了，我想作什麼？

也許能有更多的時間，爲自己的喜愛而不是爲了工作的需要去讀書；寫自己一心要寫的作品，譬如埋藏在內心已久的小說；學一些一直很想學而從來沒有去認眞學過的技能。這樣想着，都有十分「奢侈」之感。

現實的生活不一定不好，但卻煩瑣勞人；在責任的冠冕堂皇的大帽子下面，好像是在一度空間裏打圈轉磨。時間與生命都被分割得零零碎碎，忙得正好給人作「偷懶」的藉口。

要有飄然遠引，我行我素的決心，從世俗的功名利祿的殼中走出去。帶着一點兒冒險似的激越心情，有所不爲而後才能有所爲吧。是否如此呢？我也不太有把握。

六十二年八月十一日

春光照四海

新春開筆，要選個有趣味、有意義的好題目，因此，談談「文化到海外」。

文化交流有似國際貿易，必須有入也有出。從留學生、觀光旅客，到農耕隊，都是「人」的接觸。國劇團、棒球隊和籃球隊，皆有轟動一時的效果。但是，要想得到細水長流的效果，則不能不寄望於書報雜誌的外銷。

國內報紙的航空版，在海外銷行已經相當普遍，由於寄遞便達，三四天可以到達世界各主要城市，當然很受歡迎。目前問題較大者是圖書與雜誌。

在海外的中國人，留學生、教授、學人也好，乃至唐人街定居下來的新老僑胞也好，對國內各種水準層次的出版品，需求都相當殷切。我們雖然對於「文化到海外」這個題目談得很多，但對海外的中國人這方面的需要，至今尚缺乏全面性的調查統計，因而也少有全盤性的作法。最近收到一些來信，都是海外讀者看到「三三草」裏介紹的新書，想要買而又不知從何處去買。如在紐約州執教的張賴益新博士，附了支票來指定要買洪健昭兄的「今日臺灣」，並且要求航空寄去，以便作爲他在課堂上的參考教材，相信國內朋友們接觸到這一類情形者一定很多；凡此都可以看出：我們近年出版物品類日富而水準日高，絕非二十年前的「文化沙漠」；而散居天涯的中國人，正渴切需要這些圖書，滿足他們在工作上、教學或傳播文化時，乃至個人消遣之所需。

在國外，要想買到一本國內出版的書籍，並不容易：第一、他得先知道國內「有」這樣一本書的出版。第二、他得知道到什麼地方去買，花多少錢，用什麼手續。更由於交易額往往很小，一本書所值無多，國內出版界對之並不似推銷大部頭的影印古書那樣重視。

然而，從「文化到海外」的要求而言，這卻是根本性的工作，我們在臺灣作了些什麼，尤其在文化、學術、思想、文學、藝術等高層次的成就，圖書與雜誌實在是最重要的，也可能是惟一有效的媒介。捨此之外，海外的人如何可以瞭解、可以接近祖國的成就？

所以，我願在新春歲首之時再度呼籲，希望朝野各方重視這個問題，我們要認眞推行「文化到海外」，就必須以平平實實的作法，從遠大處着眼，從近切處入手，針對問題，拿出具體的辦法來。我們推展國際貿易，必須自己建立有效的貿易網；進行文化交流，更需要能有普及而深入的發行網，開店書，有系統地譯書，使中華文化的光芒隨着國內的圖書雜誌而照澈四海，傳佈世界。決策應操諸國內，工作卻必須要達到海外。這個問題再不好蹉跎不決了。

六十三年一月四日

扣緊敵情談文化

談到「文化到海外」，我們不僅要認識自己的實力和海外同胞的需要，也應明瞭毛共對海外文化統戰的作法。總統要大家在任何工作上都應加強「敵情」觀念，我們且來看看在書報雜誌方面「敵情」的活動。

毛共對外發行的報紙有兩種，卽匪「人民日報」與「光明日報」，其他報紙一律不得出口。理論性雜誌則以匪「紅旗」爲代表。畫報是匪「人民畫報」，有若干種語文版本。文學方面只有英文版的「中國文學」一種。這些報紙雜誌，全都具有強烈的政治宣傳意味，是毛共進行文化統戰的制式武器，如「人民畫報」，海運巴黎者就有若干萬箱。其實內容皆刻板八股，編排與彩印亦不及我們的水準。

專業期刊方面，原有僞中國科學院的「科學通報」等十五種，從今年開始將再增加六種。這廿一種期刊包括動物學、植物學、考古學、地質學等，有的是月刊，有的半年刊，大部份是雙月刊和季刊。內容都是中文的，間有英文目錄或提要。這些都以海外高級知識份子爲對象，發行量有限。

書籍方面，在「文革」動亂期間，全部陷於停頓，至今仍未能有多少東西拿出來。但毛選毛錄的英譯本，以及若干種紅色小册子，透過傾銷與交換，流毒海外者不少。另外由毛共資助而以「第三種人」面目出現的出版品，名目繁多；這些出版品絕對不准進入大陸匪區，內容也不一定爲毛共公開捧場，只要是詆毀中華民國，醜化臺灣，執行毛共的分化策略，就可以分潤一些「好處」；亂世文人，其事可哀，明知受利用而刀頭舔血，出賣良知者，海外不乏其人。

毛共「文化統戰」的內容貧乏空洞，處處八股陳腔，強詞奪理，生活在自由世界的人，無論政治立場如何，無不覺得厭煩，值得注意的是，毛共海外機構與爪牙，短程「目標」相當集中，不僅在海外各地開了若干書店作爲從事活動的據點，而其銀行、百貨商店，以及某些半公開的機構，都把代客訂購書刊作爲工作重點之一。

我們是一個自由開放的社會，由於出版自由的鼓勵，我們的報紙書刊水準遠在毛共紅色宣傳品之上。「不怕不識貨，只怕貨比貨」。我們是經得起比較的。然而，出版事業絕大多數是民營，對海外宣傳則往往人自爲戰。有時我們有了好的作品，有了極合乎海外需要的出版物，而海外的中外人士未必知曉，或雖知曉未必能看得到，買得到。如何在這種供需關係之間建立起更多的橋樑與通道，則不能不寄望於政府。譬如如何建立一個強有力的中心，主動策劃有關出版翻譯事宜，並加強對海外的供應聯繫和服務，如何在海外廣設出版發行機構，都是急要之圖，値得朝野共同努力，打贏這一場文化戰爭。

六十三年一月五日

電視演說

在國際局勢晦暗不明之際，我們的立國處世之道是，內求自立自強，外求得道多友。此不僅廊廟柱石，念念在玆，就是一般國民，感於「天下興亡，匹夫有責」的大義，也無不願隨緣盡分，就自身能力與際遇之所及，替國家奉獻力量。

我國女作家殷張蘭熙女士今夏赴美作私人訪問，一則省親訪友，一則聯繫我國旅美作家，以便充實她所主編的「中國筆會」英文季刊的內容。道經紐約時，受到那邊友人的邀約，展開了一連串的電視廣播演說。從臺灣出門的朋友中，能勝任這個擔子的，並不太多。

這次演說旅行，分在美國東西兩岸進行。東岸以紐約州與賓夕凡尼亞州為主；西岸則分在洛杉磯與舊金山兩地。

東岸行程於九月十一日從紐約北部的水牛城開始，依次下來是羅契斯特，美國的故都費勒鎩非亞，瑞契蒙，和諾爾伐克，至九月十九日結束，每天不停地奔走於旅館和電視廣播臺之間。最忙的時候，一天要趕四場。

譬如九月十日星期一那一天，在水牛城的節目是：

上午九時半，在WKBW電視臺「托瑪斯節目」（Dave Thomas Show）。

上午十一時，在國家廣播公司的WWOL廣播臺「水牛城自由廣播」節目。

下午一時四十五分，在WBFO廣播臺。

晚間八時三十分，再度出現於的WKBW的「本週特別節目」。

大家都知道，美國的電視廣播深入家庭，影響力極大；主要分屬於三大公司，卽國家廣播公司（NBC），哥倫比亞公司（CBS），和美國廣播公司（ABC）；蘭熙所參加的各臺，大都是直屬這三大公司或與它們有密切合作關係的。而且都是由在當地極受歡迎的主持人所主持，如威爾森女士（Louise Wilson），麥克連（Bob Mclean），福特（Frank Ford），羅斯（Marcia Rose），實爾（Doug Hill），蘭姆（Dick Lamb）等人。

這些節目有的長達一個小時，有的是十幾分鐘；有時是對談，好似我們的「時人訪問」，有時則完全是一個人主講。蘭熙說她第一場不免有些緊張，但後來就越來越從容了。她覺得參加電視反而比廣播自然得多。

蘭熙是對政治毫無興趣的人，她的演說和訪問，主要是在說明自由中國文學、藝術、音樂等各方面的種種情況；當然也就要涉及在當前情勢之下中國人的想法與心情。這些節目收到很具體的效果——很多美國人在看完電視或聽完廣播之後，馬上打電話向她請教，更有些人表示渴望到臺灣來實地參觀。「中華文化的精華是在自由的臺灣」，這是她講話的主旨。她不久就要回來，可能帶一些錄影片錄音片一道回國，讓朋友們批評，檢討。

六十二年十月十三日

憮然之感

最近幾年來，國內經濟成長迅速，外貿尤其活躍，大家一談到經濟外貿，都可以宏論滔滔，彷彿已經是很「經濟立國」的樣子，竊深以爲危焉。

戰敗復起的日本，以所謂「經濟大國」自詡，靠了人造纖維、電視機、照相機打開了出路。但是，日本人也因此被人譏之爲「經濟動物」。日本人的性格和我們大不一樣，他們是計劃藏在心裏，行動先於言詞，戰後初期，日本對山姆大叔是何等的奴顏婢膝，逆來順受；可是，一旦羽翼成長，條件成熟，要起琉球的時候是如何的「決不二價」，貿易談判的時候又是如何的「寸土不失」。日本人不會以經濟大國爲滿足，「經濟動物」並不是沒有經濟以外的算盤。

在國內第一個得到文學博士學位的羅錦堂先生，回國講學數月之後，已經又到夏威夷大學任敎去了。最近接到他的來信，提到日首相田中角榮不久之前宣稱：日本政府提供一千萬美元，要在十所最著名的美國大學裏設置獎學金，鼓勵美國人從事有關日本文化和語文的研究。夏威夷大學因地利之便，也在十所大學之中。錦堂身在異域，心存故國，他說他知道這個消息之後，想想我們自己，「不禁憮然」。

我與他同樣有憮然之感。

其實，田中的這一手，我們國內也有很多位先生建議過。衡諸目前國家財力，要一下子拿出一千萬美元或三億八千萬新臺幣，到國外去設獎學金，可能不容易作到。但我們所引爲憮然的，還不在一時籌不出這樣多的錢，而是一般人並不感覺到這樣作有什麼必要。這種觀念上的隔閡，猶須大力打通。

近世民主國家，忌用「宣傳」一詞；因爲宣傳的定義，就是要使用各種象徵符號，「使人改變其原來的觀念與態度。」多少有些屈人從己的意味在內。但事實上，立國於當世，沒有一個國家不重視宣傳，文學、藝術、音樂、體育，何往而不可以發生宣傳的影響？就宣傳的意味言，日本人到外國大學裏爲外國人設獎學金的辦法，正所謂「放長線，釣大魚」。日本當政者深知美日關係的重要，也深知學術界對現實政治外交的影響力（哈佛的賴士和不就是由校園而一步踏上駐日大使的職位嗎？）所以，他們樂於作這種此刻看來並不太「經濟」的事。

經濟外貿，誠然重要；但如果認爲我們現在應該以經濟爲唯一的「法寶」，是亦未免太「妄自菲薄」了。我們無論如何是一「文化大國」，許多事情應該有文化的眼光，文化的打算。且不說至海外去設獎學金；今天，對於本國的、以及外國來華的專門研究中國文化語文的學者專家，應不應該、能不能夠給予他們具體的支援呢？想一想吧。

六十二年八月十八日

剛健的文化

同業之間的閒談，有時是很有趣味的。新聞記者聚晤，擺脫了訪問與被訪問的關係，彼此皆可放懷高論，亦是浮生一樂。

美國「時代」週刊香港分社主任羅萬先生（Roy Rowan）前幾天到臺北來，紐約時報駐在此地的沙蕩先生約了一塊兒聊聊。五十三歲的羅萬今年三月間曾去過大陸匪區採訪；早年他曾在京滬一帶採訪，是有關中國事務的「老手」。

作爲同業與朋友，我們的談話不必一一詳敍；羅萬很關心中華民國對於未來的打算：一年之後如何？五年、十年、廿五年之後又如何？我說我個人的想法，是「不問收穫，但問耕耘」，在這個動亂的大時代中，盡我們中國人的本分。無論如何，「兩個中國」的想法，是中國人不能接受也不能忍受的。而我們今天的一切努力，仍然是朝着光復大陸的目標作去。

中華民族的堅忍性，所謂「春秋復仇大義，九世其可」的心情，西方人也許不容易瞭解，然而，爲者常成，行者常至。是非善惡之間，總會有一個比較，優勝劣敗，總會有一個結果——其中當然包括道德評價在內。

說到美國，我坦誠地表示了我的失望，還不僅是尼克森訪大陸、水門事件、美元貶值、和停止援助高棉之類的事；而是美國社會上，特別是知識份子思想的混亂與內心的空虛。我舉例說，梅勒（Norman Mailer）是美國第一流的作家，卻願意花費時間精力爲性感女星瑪麗蓮夢露作傳——而且是寫得很草率的一本傳記。就不能不令人懷疑這位作家的品味以及美國文壇的風尙，一葉落而知秋之將至，這種文化面所呈現的墮落與腐化，比政治上的問題要嚴重多了。

客人似乎同意我的看法，但我有些話還沒有說出來：我們自己的文壇乃至文化界又是如何呢？雖然第一流的作家們還不至於百無聊賴到替一個香消玉殞多年的性感尤物去寫傳，但是，大家所作所爲，果眞都是在爲春秋大義而努力嗎？我想，沒有人敢作那樣樂觀的判斷吧。

美國並不是一切都好，也不是一切都很壞；但從近幾年的趨勢來看，富強甲天下的美國，走的是一條從好到壞，由盛而衰的下坡路，這說法應是大家都可以同意的。政治上的欲振乏力，毋寧正是文化上衰退與怯懦的後果，這是值得我們警惕的。

沒有剛健的文化精神，很難能有大有爲的政治。

六十二年七月廿七日

讀書偏愛夜長時

顧翊羣季高先生爲我國財金界前輩，一九四四年代表我國出席布萊敦森林會議，參與策劃國際貨幣基金會之成立，此後並任基金會理事及財務主任，前後凡二十二年。任滿退休後卽返國定居，雖年屆古稀，而猶攻讀寫作不稍閒。管艇書室坐擁書城，有譚伯羽先生書集隆放翁句：「對酒尙如年少日，讀書偏愛夜長時」，誠寫實之語。

先生壯歲雖以財金專家名世，其實於中西文學致力尤深，晚年論列中西學術思想，吉光片羽，無不爲時人景重。近讀所著「管艇書室學術論叢」，尤感其博雅豁達，浩然有不可及之處。是書收長短文章三十一篇，二〇五頁，三民書局出版。有論文、有雜記、有演講、有序跋，體例大不一致；但皆可見作者涉獵之廣、用力之勤、議論之精闢、與氣度之開朗。而苦心所在，似着意於從客觀的評介中以見中西文化思想的短長。集中如「美國進步教育的論戰」、「從梁啓超新傳記說到世界文化之將來」、「介紹粵佛教授的求學經過與論學精義」、「論西方科學與中國文化」、「簡介美國人文學者克勒區氏之思想」等篇，皆有卽事生論而意在言外之妙。

先生曾著「李商隱評論」一書，從義山作品中，根據現代理論，成一系統的敍述，表白此晚唐時期大詩人的生平心事，以駁正「無行」之說。先生有「天才最高者，所受痛苦亦最大」之言見於序文。又如佛克納爲二十世紀最重要的美國小說家，而其作品向稱艱晦難解。先生有文論佛氏的作品與思想，抉發精微，强調佛氏所揭櫫的「人將獲勝」(Man will prevail) 的觀點，「眞正的人將永遠相信，人不僅有權免於遭受不公道、掠奪與欺騙，且更有義務與責任來實現公道、眞理、憐憫與同情。」人應以謙遜的心情來處理成功，此正是我們這一時代普遍的需求，不僅限於美國人而已。

從這本書看來，顧先生不僅是一位學貫中西、關心世運的人文主義者，更是一位涵泳在傳統文化裏的性情中人。

六十二年七月十八日

文明的哲學

我們中國人，無論學與不學，內心都存有人本主義的精神，因而強調倫理道德的價值。其實，西方有識之士抱有類似看法者亦不在少。如被稱為二十世紀聖人的史懷哲（Albert Schweitzer），就認為今日人類文明的危機是倫理道德敗壞所致；因而要挽救人類的文明，必須從倫理道德的重建入手。

史懷哲是德國人，一八七五年出生，一九六五年逝世，其人才識卓越，集哲學、神學、醫學三種博士學位於一身。更難得的是他執德慕道，篤信苦行，遠棄紅塵，半生在非洲赤道叢林中行醫，眞有「替天行道」的志節。由於他的學識、事蹟、與對世界和平的努力與貢獻，使他獲得一九五四年諾貝爾和平獎。他的政治見解，譬如主張美俄和平共存，互信互容，可能是不成熟、非現實的；然而，他的動機則與一些夸夸浮譚之士迥然不同。他說，儘管暴行威脅全世界，「我仍然確信眞理、友好、仁愛、和藹與善良是超越一切暴行的力量。只要有人始終充分地思考，並實踐仁愛和眞理，世界將屬於他。」由這一點來看，史懷哲的終極信仰與孔子之道相同。

史懷哲所著「文明的哲學」（The Philosophy of Civilization），早在一九〇〇年就已構思。原計劃共有四卷卽：「文明的衰敗與重建」、「文明與倫理」、「尊重生命的世界觀」、和「文明化的國家」。但出版者只有前兩卷。臺大醫院的鄭泰安醫師，近將第一卷與第二卷的後半部譯出，書名仍用「文明的哲學」，由志文出版社出版，全書六章，一八四頁；前有史氏接受諾貝爾獎時發表的演說詞，後有他的年譜。全書譯筆忠實流暢，出諸一位醫師之手，尤有意義。

史懷哲呼籲全人類，要重視尊重生命的倫理。他說，「善，就是愛護並促進生命，把具有發展能力的生命提昇到最有價值的地位。惡，就是傷害並破壞生命，阻礙生命的發展。這是道德上絕對需要考慮的原則。」他的話並非創見，這與我們古人所說「天地之大德曰生」，和「天行健，君子以自強不息」，精神上完全是一致的。

史懷哲二十八歲就曾任神學院院長，因此他雖然是一個受到近代科學洗禮的名醫，思想中仍富有泛神論的宗教神秘主義的色彩。他的強調自我奉獻與自我完成，是他「學究天人之際」的心得。世間很少有學者像他這樣，研索有得，卽知卽行的。當人類一方面在科技上有超邁前古的驚人成就，同時又面臨着自我毀滅的危機之際，史懷哲其人其書，特別引人深思。重建倫理道德是一條曲折艱難甚至於幾乎走不通的路，然而，要保衞人類文明的存在與發展，這也許是唯一的出路。

六十三年二月九日

模型與極限

「成長的極限」（The Limits to Growth）這本書，是一九七二年春間出版的。我第一次是在劉亘先生處看到。亘兄說：「這是一本很有深度的著作，值得我們研讀。」

本書是由被世人稱爲「隱形學院」的羅馬俱樂部、美國麻省理工學院、與波多馬克協會合作而出版。麻省理工的佛洛斯特教授（Jay Forester），在一九七〇年提出建立一個「世界模型」的觀念，根據模型以辨別問題的許多特殊構成因素，並分析人類行爲及各種因素間的關係。後來，麻省理工另外四位教授就用這個方式來進行研究所謂「人類困境問題」，寫成報告。他們用「系統動力學」（System Dynamics）的數學模式，經由電子計算機，探求世界複雜交錯的體系。所得結果即是「成長的極限」這本書。

書中將資料集中於五項變數，即：人口、糧食供應、自然資源、工業生產、污染等彼此間的關係。原作者以本世紀以來，自一九〇〇年到一九七〇年的趨勢爲歷史基準，來推算這些變數的未來發展。書中最後提出十項結論，最令人注意的一點是——

「如果世界人口、工業化、污染、糧食生產、資源枯竭，仍以目前的趨勢繼續下去而不改變的話，我們的世界在此後百年內，卽將到達其成長極限。最可能的結果，是人口和工業生產發生快速的、不能遏止的衰落。」

此書在提出這一黯淡的前景之後，根據模型與指標增加的推算，在未來三十三年間，世界人口將再增加一倍，達到七十億人。「饑必食，寒必衣，住必能蔽風雨，於是我們很容易向自然環境透支着手，使地球的維持生命能力蒙受更多的損害。」

因此，這本書的主要目的，是在呼籲人類，「對目前已經不平衡及正在嚴重惡化的世界情況作迅速猛烈的糾正，」這是我們面臨的主要任務。具體的作法，則是抑止世界人口與經濟的加速成長。

「成長的極限」出版以來，已有將近二十種語文的譯本，中文本是由臺灣大學社會學系的朱岑樓教授與胡薇麗女士合譯，正文五章，各種圖表五十四幅，共二二一頁，臺北巨流公司出版。

此書文字簡潔賅要，譯筆出自名手，忠實暢達。不過，這畢竟是一本科學著作，不宜以消遣性作品視之，讀者需要集中心思去讀，方能得其滋味。至於書中所說的道理，目前在學術界已經引起相當熱烈的爭辯。贊成者固不少，反對者亦很多。我個人對於這種「極限」的假說，是抱着懷疑的態度。然而，無論如何，最近一年來的能源危機，正如適時而來的警號——也證明「成長的極限」是一本值得我們細讀的書。

六十三年三月一日

反極限論

「成長的極限」一書，說明人類如以目前的成長趨勢而不變的話，最多在百年之內就要達到成長的極限；所以提出「抑止世界人口和經濟的加速成長」，作爲挽救的手段。這一論斷引起不同的反響。朱岑樓先生譯序中指出，反對者以經濟學家居多，「斥其論點錯誤，乃無稽的社會預言。」

原書對各種批評的意見，也有綜合地答覆或辯解。書中特別指出，像抑止人口與經濟成長的建議，「如果由富裕國家提出，一定會被看作是新殖民地主義的殺手鐧。」所以，原作者主張應由經濟已發展的各國以身作則，「率先降低本國物質生產的成長率，同時協助發展中的國家，自力更生，加速其經濟成長。」

本書的道理卽使是百分之百的正確，最後這一段積極性的建議，似仍是理想主義色彩過分濃厚的書生之見。話說得有理，可惜行不通。就以我們自身情況而論，計劃家庭，節制生育，已在相當有效地進行中。然若要我們抑止經濟加速成長，無論是出於主觀的抉擇或客觀的影響，都未必能使民意與情翕然接受。這正如　國父所說的，我們不能捨棄了民族主義而空談世界大同。任何一個國家單獨「踏步踏」，仍然挽救不了整個世界。

近日又讀到一篇反對「成長的極限」的文章，作者是美國社會研究新學說的經濟系主任海布朗納（Robert L. Heilbroner）。他在「成長與生存」一文中，對「成長的極限」所主張的「零度經濟成長」，有很中肯的批評。海布朗納說，「所謂零度經濟成長，在政治上是不可能被接受的，而在技術上是尚未經發現的。」換言之，人類卽使樂於現實零度經濟成長，實際上也無法作到。他的文章內容很長，此處無法多引，我個人大體同意他的意見。

儘管如此，我們絕不可輕視或詰責「成長的極限」這本書是庸人自擾；因爲它所列舉的若干現象與基本事實，的確值得我們警惕；而且，在人類「自我毀滅」的過程中，還有一些重要的因素——譬如戰爭，並未列入原作者的模型與變數之內。

馬爾薩斯（Thomas R. Malthus）一七八九年發表的「人口論」，就已指出食糧是按算術級數增加，人口如不加節制，則將按幾何級數增加，人類將不可避免地要面臨自然法則的壓力

——關於「人口論」的內容與引起的批評，可參見拙譯唐斯博士「改變歷史的書」；我覺得，「成長的極限」可以看作是現代化的，更精密，更深入的「人口論」。

「成長的極限」提出的警告是值得世人重視的；但它所提出的黯淡遠景，似仍低估了人類生存與發展的潛力。對世界前途作過分悲觀的展望，即使完全出於善意，也有待斟酌。也許兩百年以後的人讀這本書，會和我們今日重讀「人口論」一樣的心情，滿懷敬意，卻不必完全相信。

六十三年三月二日

師道

明天是孔誕和教師節，在「尊師重道」聲中，我介紹一本與教師有關的新書。

書名「師道」，由當代的師表學人寫古今中外的名師，政治大學教育研究所主任劉眞先生主編，中華書局出版。分上下兩編，共七六七頁。正文五十篇，列人物五十有一（宋代的二程合爲一篇），均以人物出生的先後定其篇次。

上編爲中國部份，共三十一人；孔子、孟子、荀子、董仲舒、鄭玄、韓愈、張載、程顥與程頤、朱熹、陸九淵、陳白沙、王守仁、孫奇逢、顧炎武、顏元、李塨、王筠、馬良、胡元倓、蔡元培、梁啓超、張伯苓、黃建中、梅貽琦、艾偉、胡適、姚從吾、傅斯年、王鳳喈、周厚樞。都以已作古者爲限。

下編共二十人：蘇格拉底、柏拉圖、亞利斯多德、耶穌基督、柯美紐斯、洛克、康德、斐斯塔洛齊、菲希特、赫爾巴特、福祿貝爾、斯賓塞、福澤諭吉、華德、手島精一、杜威、克伯屈、義律、斯普朗格、小原國芳。除了最後一人之外，也都已不在人間。

各篇內容，因執筆者不同，所寫的對象與資料的質量不同，詳簡自亦不同。一般體例大體分為：第一、傳主的生平傳略及其時代的背景。第二、傳主的基本思想。亦即其哲學思想。第三、傳主的教育思想，主要是教育應負有何等任務。第四、教學的要件，或傳主對於身為師表者所定的標準。第五、主要的教育理論和施教方法。

偉大而具有開創性的人物，其成就與影響往往是多方面的，如孔子即是明證。他兼具教育學家、哲學家、政治思想家於一身；也可以說是中國最早而又最權威的主筆與編輯。然而，孔子的許多成就中畢竟以教育為最重要，所以陳百年先生的大作中，特別表而出之的是教育家孔子的精神面貌。

此書不僅是一部教育家的傳記辭典，其要點更在從人物的生平遭際，及言論著述之中，弘揚出為師之「道」來；由此而更生動地指出，教育家的根本精神。「人能弘道，非道弘人」。讀了「師道」這本書，確有令人見賢思齊之感。

從此書可看出古今中外教育思想雖因時空環境而異，但基本上不逾乎愛心與誠意；所謂誨人卷末有劉先生討論教育思想、中國的師道、師道與儒行的文章三篇，可視作貫串全書的結論。

後人談孔子，每過分強調其聖賢的一面；其實，論語中最精彩的記敍，是孔子讚許曾晳「浴乎沂，風乎舞雩，詠而歸」的話。至聖先師是十分之「人情味」的；所以，我認爲師道必先有情。

六十二年九月廿七日

憂道之外

讀「師道」一書，有一點小小的心得。古今中外爲教師者，學問要淵博，品德要高尙，對弟子要循循善誘，不辭勞瘁；但在現實生活中，卻往往困頓顚沛，歷盡辛酸。教授教授，越叫越瘦，自孔子與蘇格拉底之時已然，不自近世爲始。

曾任芝加哥大學校長的赫欽斯博士有一本討論高等教育的書，他強調，「大學對現實社會，應該立於客觀的批判地位。」學術的研究總要走在現實的前面，有批判才會有激發進步與創新的可能。我相當欣賞他這句話。

大學的批判精神何所來？主要的來自講壇上與研究室中的教授。客觀批判是很高的境界；爲下，仍能傳道、授業、解惑，保持「客觀的批判」，那是過分樂觀的假設。孔門七十二賢人，簞食瓢飲，不改其樂的，也只得一個顏回。

我國教授的待遇，去歐美的標準遠甚，不必談了；據教育界朋友說，與泰國、越南相比，亦竟頗有遜色。今日兼任教席者，雖講得來口乾舌燥，七竅生煙，論其所得，遠不及某些歌星的「一條歌」。引用某明星的名句，此眞令人黯然「鎖」魂了。

低待遇往往反而成爲高成本，此於教授們爲尤然。經師人師，安貧樂道者，固亦大有人在；多批判而少客觀、胸中塊壘一吐爲快的人不能說沒有。更嚴重的是，由於待遇之不足，師資水準難期整齊。只看今日蜻蜓點水式的兼任教授所佔比例之高，就可知病象非輕。

在「師道」一書中，記載傅斯年先生論辦好學校的四大要點，第一就是「政府應盡政府所當盡的責任。政府所當盡的責任，主要的是設法調整教職員待遇，人人足以仰事俯蓄，然後才能用心教學。」傅先生是一位愛國家的學人，絕非不識大體的本位主義者。他這段話是二十三年之前說的，到今天似仍值大家三思。

當前教育法令之繁，制度之密，都已遠勝昔時。然而，校園中的學風比從前更濃厚否？施教水準比以往更提高否？青年人內心裏的許多問題都得到師長適切而悉心的指導教誨否？

在祝望「良師興國」聲中，我期待今後大學師資的選擇要更嚴格，教授的待遇要再提高。孔子說，「君子憂道不憂貧。」但也說過，「邦有道，貧且賤焉，恥也。」斯言豈不值得玩味？

六十二年九月二十八日

徘徊

大陸上「批林批孔」，烏烟瘴氣，喧嚣聲中，隱伏殺機。批林是奪權之後的不得已之一着，而必殃及孔子，其無邏輯、非理性，實不堪一斥，

孔子之道爲中華文化的本源，如江河行地，日月經天，早已成爲我民族精神中最緊要亦最寶貴的一部分。孔子在世時並非「當權派」，而兩千餘年來其學說緜延光大，深入人心，是由於把握住人性的普遍性與永恒性。毛共要憑藉裹脅暴力來一舉而摧毁之，豈僅是蚍蜉撼大樹，而直是一隻螞蟻要舉起地球來。「批林」固然已有「批不深、批不透、批不下去」的痛苦，「批孔」則更是與千古以來的大道義爲敵。

孔子思想的影響，無所不在。毛澤東雖然要「反潮流」，畢竟亦無能爲抗。此處舉一小例。

如毛喜引「無可奈何花落去，似曾相識燕歸來」；於是周恩來「政治報告」引之，王洪文等輩隨聲附和之，匪黨宣傳機器又一而再、再而三重複之。卻從來不曾提起過這是北宋晏殊的名句。

讓我們查查他是怎樣的人物吧。

晏殊，字同叔，臨川人（今江西臨川縣），生於宋太宗淳化二年（九九一年），卒於仁宗至和二年（一〇五五年）。史傳上說他「七歲能屬文，眞宗景德二年，以神童應試，賜同進士出身，即授秘書省正字，時年十五歲。仁宗朝拜相兼樞密使。罷相，出知外郡十年，以疾召歸汴京，留侍經筵。旋卒，享年六十五歲，諡元獻。」

至於他的爲人，「殊性格剛峻，學問淹雅。自奉若寒士，而豪俊好賓客。喜獎拔人才，一時名士，多出其門，如范仲淹、富弼、歐陽修、王安石皆是也。」

從這些經歷看來，晏殊不僅是見知於朝廷的「少年才俊」，而且備位樞府，效歷封疆，晚年還「留侍經筵」；再看他所培植裁成的人才，亦無一不是孔門佼佼之士。難道晏殊的「性格剛峻，學問淹雅」不是從孔聖人來的嗎？

林彪爲了題過「萬事悠悠，唯此爲大，克己復體」，而即被毛坐實爲一行反罪。其事眞僞，殊未可信。林彪半生落草，一腦門子馬列，究竟懂不懂得甚麼叫做「克己復體」，實在大可懷疑。欲加之罪，何患無詞？「綑而殺之，綁而殺之，」也就不必細問了。

倒是毛澤東引述晏詞，這是賴不掉的了。看來他自己內心裏不僅有「兩條路線的鬭爭」，而且也有一條毛共驚恐怒駡的「黑線」存在着。

晏殊「浣溪沙」全首是這樣的：「一曲新詞酒一杯。去年天氣舊亭臺。夕陽西下幾時迴。無可奈何花落去，似曾相識燕歸來。小園香徑獨徘徊。」

連毛澤東一個不當心也還要徘徊到「黑線」上，要中國人都忘情於孔子之道，辦得到乎？

六十三年三月二十二日

揭穿眞面目

在美國任敎而以數理邏輯見長的王浩教授，兩年前曾進入鐵幕，在中國大陸上訪問了四個星期。後來在香港某刊物上寫了一篇「談中國之行」。對毛共歌頌揄揚，無所不至。有一位當時住在香港的知識份子看到，內心感到無限的憤慨，他認爲「欺騙必須揭穿」。

這位先生便是在大陸匪區住過八百四十八個星期的吳樹仁義士。吳先生後來應邀赴美訪問，曾三度邀約王浩，參加對中國大陸現狀的公開討論會，王教授沒有再露面。

十五年前，吳樹仁就是一個「又紅又專」的高級知識份子，他在北平的清華畢業，陪着毛匪澤東游過長江，在洛陽和廣州等地作過工程師。民國五十八年夏天，在看穿了毛共種種暴政之後，冒險游水逃抵香港，成爲千千萬萬冒着生命危險而選擇了自由的義胞中之一人。

懷着與所有義胞同樣的心情，他要以有生之年致力於反共。正因爲他曾經「又紅又專」，所以他能憑其親身目睹的種種實況，「對上口徑」，從毛共的「革命過程和成果」，一直談到人民的吃飯穿衣問題」，針對王教授很不數理邏輯的各種論點，一一加以駁正。

吳樹仁近著「中共的眞面目」，一四六頁，由臺北民主出版社出版。書中主要的文章包括前述對王浩的駁斥；還包括他六十一年到臺北會晤新聞界的座談紀錄，以及他今年五月間訪美途中在哥倫比亞大學演講時，國內各大報的有關報導。馬克任兄所寫「吳樹仁與留學生討論大陸問題」一文亦收錄在內。

吳先生所談今日大陸上種種慘況，不僅是物質上的壓榨與形體上的折磨，尤其是對於人性、對於自由的摧殘，絕非生活在自由天地中的人們所能想像的。實例太多，此處不必一一引證。然而，旅居海外的知識份子，也有一少部份人說，只要中國站起來了，中國人民的小我犧牲「是值得的」。吳先生說，「國家是保護人民的，政府是爲人民謀福利的。如果以剝奪人民的自由和生存的權利爲手段，即使國家眞的變強了，對人民有何意義？有何價值？」他正告那一小撮對自己同胞的痛苦漠不關心的人們說，「你太幸福了。你可能沒有父母兄弟在大陸被鬬爭屠殺，但你不可抹殺了七億五千萬同胞所受的痛苦和他們心底的願望。」

對某些一面幻想「強大」，一面對於如在水火之中的大陸同胞，如秦人視越人之瘠肥的人，吳先生這本書不啻是迎頭棒喝；憑事實發言，爲眞理作證，他訴諸知識份子的良知。揭穿毛共的眞面目，就是最嚴正的邏輯。

六十二年十二月六日

早起開籠放白鷴

毛共與日本之間的交往，在雙方「當權派」的導演之下頗呈熱絡。僞使陳楚向被毛共列爲戰犯的日皇呈遞了「國書」；最近，由廖匪承志帶着一個訪問團赴日本活動。貿易也好、體育也好，都無非是進行統戰的障眼法，原不值一提。不過，這裏面據說有位女作家在內，其作用何在，值得玩味。

「寄小讀者」的謝冰心，是中年人熟悉的名字；她的早期作品，雖然談不上氣勢，但文筆溫婉親切，有行雲流水之致，甚有可觀。然而就毛共的尺度而來，那就「修」得厲害。

抗戰時期，謝在大後方。有一本題爲「女人女人」的小書，作者署名「男士」，據說就是她的手筆。其中有一篇記作者策馬於西南山區，薄暮時分，無意間看到一個少婦在澗水之旁跪着洗衣裳。那少婦原是海外歸國的留學生，自幼嬌生慣養，爲了參加抗日，茹苦含辛，表現出中華兒女威武不能屈、貧賤不能移的氣概。是篇由小角度反映出中華民國政府領導抗戰轟轟烈烈的情景，當時印象頗深。

當我還是「小讀者」的年頭，讀過她一篇海行中的通信。其中有一段引了一句詩：「早起開籠放白鷴」；大意似是說，白鷴固然可愛，但是，被關在籠子裏失去了自由，總是可悲的事。所以，還是放之爲佳。冰心雖然受過西方教育的洗禮，筆下流露出來的仍是十分中國式的溫柔敦厚。毛共如欲加罪名，「溫情主義」的帽子是現成的。

抗戰勝利之後，謝曾隨夫到東京。她的先生是學社會學的吳文藻；當時似在大使館任職。那一段時間是謝與日本惟一的「淵源」。

亂世文人，際遇可悲；紅色的丁玲、胡風、蕭軍、趙樹理，落水的老舍、巴金，當打手，作「總管」的田漢、夏衍、周揚等輩，猶且不能自全首領，而被「鬪倒、鬪垮、鬪臭」，更何況又「修」又「溫」的謝冰心乎？

在「文革」期間，大陸上略有思想情意的文人，皆不能倖免。謝冰心默息自保，一度到所謂五七幹校去「下放勞改」。不想在此風燭殘年，還要拖到海外去奉獻最後的「剩餘價值」。對於這樣的處境，我們惟有憐憫，而更無所用其責備。毛共們不可能有「早起開籠」的閑情與人性，冰心的命運實不如一隻白鷴，蓋可知矣。

「洛陽親友如相問，一片冰心在玉壺。」可惜今日的謝冰心以及毛共大陸上所有的作家文人，都是被關在鐵籠之中；謝能偶而呼吸到籠外的空氣，除了「鸚鵡前頭不敢言」之外，恐怕也祇能夠照本宣科，作一次學舌的鸚鵡吧。腦子洗了又洗，監視在前，人質在後，還能有甚麼話好說呢？

六二十年四月十九日

雄辯的事實

今天是中華民國六十三年二月廿二日星期五，這個日子有甚麼特殊的意義？

今晚八時，我國三家電視公司要把義大利名導演安東尼奧尼（Michelangelo Antonioni）所拍取名爲「中國」的紀錄片播放出來。這是自從民國卅八年政府播遷臺灣，中國的反共事業進入一個新階段之後，二十五年我們第一次看到如此完整的、有系統的、眞實而生動的有關大陸匪區的圖片報導。它不是靜止的、片斷的，而是動態的、生活的，因此具有更深刻的現實性——海峽對岸，中國人過的就是那樣的生活。

安東尼奧尼一九一二年出生，現年六十二歲，保羅尼亞大學畢業，主修經濟學，但在學生時代就酷愛電影藝術。經過半生的努力，他現在被影藝界公認爲義大利最重要的三大導演之一，另外兩位是維斯康堤和費里尼。安東尼奧尼和義大利這一代許多知識份子一樣，也曾信仰共產主義，但他更關切的是現代人的孤獨感與失落感。他在民國六十一年春天，受毛共邀請進入大陸，到過北平、上海、南京、蘇州和河南林縣，拍成了這部紀錄片。「中國」在歐洲已放映過，並由美國廣播公司（ABC）在電視上放映。到今年一月三十日，匪「人民日報」上發表長文，形容這部影片「是當前國際上一小撮帝國主義和社會帝國主義份子對新中國極端仇視的心理的反映。」又說，一是把大量經過惡意歪曲了的場面和鏡頭集中起來，攻擊我國領導人，醜化社會主義新中國，誹謗我國無產階級文化大革命……」

首先應指出，毛共盤據之下的大陸，過去不是現在也仍然不是一個自由開放的社會，無論由外面進去或原來住在那兒的人，一言一動，都完全在嚴格的控制之下。安東尼奧尼以一個被毛共邀請而去的「客人」身分，如何會存心從事「攻擊、醜化、誹謗」呢？

更重要的是，如果那些「場面」不是本來就在那兒，安東尼奧尼或任何天才的導演，也無法把它們「集中起來」啊！

毛共向以擅長說謊造謠自詡，這部影片把毛共多年來所宣傳的「新事物、新氣象、新面貌」，作了最坦白地揭發。毛共想要藉了指控「美帝」、「蘇修」和「歐洲人的自傲」，妄想喚起中國人的民族情感來脫卸自身二十多年暴政所造成的罪惡，完全是妄費心機。安東尼奧尼所拍攝的還不僅是大陸同胞的「愁眉苦臉，無精打彩」，而是他們「想念過去」的氣氛與心情。

爲甚麼想念過去？因爲他們忍受著曠古絕今的奴化待遇，「有著不滿現實的莫大痛苦，」這種普遍而深刻的痛苦，不是毛共的宣傳機器所能長期掩飾得了的。「中國」是這樣的悲慘、貧窮、落後，毛共及其同路人們「意氣風發」的謊言，可以休矣。事實最雄辯，我們將在螢光幕上看到許許多多的事實。

六十三年二月二十二日

青天白日

開放社會是一種社會生活秩序，大家珍視人類尊嚴的價值，並且普遍共享一切價值——其中尤以權力爲最。而關閉社會則是人民必須生活在大部分與世隔絕的狀態中，受著傳統、教條、乃至迷信的束縛，「奴服在他們無權控馭的政權與制度之下，他們的思想受著從上面強壓下來的觀念和意識形態所左右。」這是艾倫（James Allen）在其所編「開放社會」一書序文中所提出來的定義，自從柏格森（Henry Bergson）首先使用開放社會與關閉社會這兩個名詞之後，其間對比之尖銳，恐無過乎今日者。因而對這兩種社會的研究，乃成爲現代人關切的事。

周應龍先生著「開放的社會與關閉的社會」，便是就這個問題之分析所得到的新成果。不過這不是完全從抽象觀念入手的書，而是結合事實，從此時此地就近舉譬，理論與事實並重，所以就更看得平易眞切。

此書分十二章，二七〇頁，書中未有出版人的記載；想是作者矜愼筆墨，不輕示人，先在友朋間流傳，暫未公開發行。作者研索的目標，除了對兩種截然不同的社會，作比較論證之外，「復表出中華民國開放社會之型態內涵與東西文化整合濡化之旨歸；以見現代中國經濟發展之型態，以見現代中國社會改良之理想，以見現代中國人眞確之認同回歸，尤以見國際社會矛盾開闔之態勢與現代中國開放社會之擧足輕重。」換言之，乃是以人本主義爲中心，科際整合爲方法，對現代中國作一番鑒察肯定的工夫。作者引戴季陶先生的話，「三民主義卽青天白日之用，天心人意，皆以青天白日爲大中至正之體，而誠正修齊治平之工夫，亦無不以青天白日爲楷模。」讀此書令人便有青天白日、胸襟豁然之感。

我所認識的青年友朋之中，從文化學的觀點硏究現代中國問題者，以金耀基，周應龍兩先生致力最爲精勤，成就似亦最顯，守道持恒，未來必當有大成以淑世。

周著中對當前我國經建成果雖亦著意論述，但更爲強調者是文化面，「中國現代化進程中，是要超脫生物層面，而提昇到精神層面。」「要由儒家所主張理性之擴充與法家所主張欲望之制約相結合。」循此而進，求致身心之平衡與情理之和諧。

經濟爲血肉，文化爲心魂。二者不得偏廢。可是，很不幸的是，今天我們所看到的人生實際，不平衡與欠和諧之事太多太多。作者特將「道德的理性主義」標而出之，用心是很深遠的。

六十二年七月七日

神駒龍種

中國人自古以犬馬比君子，因其通靈重義，有些地方且勝過人中的小人。

最近因約旦王儲送來六四中東的名馬，報紙上出現了幾篇談馬的好文章，其實，古詩文中，以馬爲題者亦頗多，像「世有伯樂，而後有千里馬」之類的話，大家也都很熟悉的。楊小樓在「連環套」裏那一大套道白，「此馬身高八尺，頭尾丈二有餘，頭上生角，足下生鱗，左右有紅光兩朵，名爲日月驌驦……」聽來眞是令人神往。

今年美國的賽馬場上，出了一匹「大臣」，連贏三場大賽，獎金百萬美元以上，因此上了「時代」的封面，最有趣的一段話是：「大臣今年秋天就要退休，牠與世界著名運動健將不同的是，退休之後反而更値錢，因爲別的馬主都要重金禮聘，借牠的龍馬精神去製造下一代的神駒。

」大臣今年傳種的計劃生產額，是三十五四。

這一段故事可見良馬的品種，關係重大，「晝行千里見日，夜走八百不明」的好馬，必出於閥閱世家；后里牧場要改良七代，才能得到理想的純種，原因或卽在此。

最近讀到美國進出口銀行總裁克恩斯（Henry Kearns）三月間的一段演講詞，他說有位阿拉伯國王要培養世界最佳品種的馬，他先精選良馬，關在牧場裏，不飼不飲，熬牠們的火候，訓練牠們傾聽牧馬的號角聲，等到那些馬飢渴交加之時，才打開牧場的門，讓馬羣奔向附近的湖邊草地上去喝水吃草，正在這時候，吹起了牧馬的號角聲，只有很少的幾匹馬，棄水草而不顧，轉頭奔向號角齊鳴的地方，「這少數的馬便是阿拉伯種良駒的起源。」

克恩斯說，中華民國的人民，雖面臨史無前例的困難，仍然全心全意獻身於他們致力的偉大目標，「正像阿拉伯種名駒一樣，是世界上最出色的人。」

讓他這段講詞，宛如看到了一幅生動的畫圖，令人感愧交集。在天蒼蒼、野茫茫的背景之下，胡笳四動，牧馬悲鳴，雖有甘美的水草當前，只要聽到號角聲聲，立卽拔足而去，騁馳如飛。

品評第一流的馬，不僅在其身高身長，也不光是看牠能跑得多麼快，贏得幾次比賽；品評第一流的人才，不僅在其有沒有博士頭銜，官秩表上幾等幾級；惟一的標準，是他的品格器識，要看他有沒有「平生憂樂關天下」的責任感。神駒龍種與凡馬之不同，就在此俄頃一念之間。當號角高鳴之時，我們應該奔赴何方？「世上最出色的人」，應永誌而不忘。

六十二年七月十三日

天倫人倫

中國人的觀念裏，人道卽是天道；而我們常說的天倫，其實就是近在眼前的人倫。社會在疾遽變動之中，人際關係當然也受到影響；「現代人倫」是一個很好的題目，無論是從社會學的或文學的角度來看，都會有許多話要說。羅蘭女士用來作爲她散文集的書名，從書名到內容，都令人有親切可喜之感。此書共收散文卅三篇，二〇六頁，現代關係社出版。

如果從社會學的觀點來看，現代天倫値得謳歌之處已經不多；「五世其昌」的盛事渺乎難求。而且，卽使眞有那樣的家庭，是否仍眞能「闔家歡笑」，也大成問題，蜂窩式的公寓，「計劃」之下的家庭，像野獸或海鷗一樣地忙來忙去，十分之九都無非爲了吃飯穿衣，男人認爲家庭是蝸牛背上的殼，女人認爲家庭是陷阱式的堡壘，青少年有更多的幻想——幻想着擺脫了家庭覊絆的快樂。

「文學家也曾看出了家庭的悲劇；像易卜生的「玩偶家庭」，就彷彿黯夜中一聲號角，揭開了家庭的許多問題。然而，家庭畢竟不可廢，也廢不了，家庭的許多缺點、不可愛，甚至「罪惡」，都是人性中的一部分。

羅蘭說，「年輕時曾自命瀟洒，嚮往飄泊，於是隻身離家，希望遠走海外，自創新生。」結果呢？「仍是覓巢而居，建立了家庭。」這種從飛揚萬里到覓巢安居的過程，不一定就是退卻，毋寧更應看作人的性格發展之成熟。

羅蘭是北方人，性格爽朗，吐屬簡潔，行文尤其平易而懇摯，她多年來致力音樂教育與廣播工作，有暇則勤於寫作，是文壇上「始終不懈」的一支彩筆。

「現代天倫」也都是所謂「身邊瑣事」；然而，作者用一種肯定的心情，去體會到人性底裏的和諧。她說，「作爲一個現代人，越是倚賴夫妻親子之情，越是要先多給自己準備幾分堅強，以面對不得不然的割捨。」朋友們都知道，羅蘭的佳兒女都已成人，有的要就業成家，有的要遠游就學，到了不得不割捨的時候。

但她要強調的，還不僅是形體上的暌隔，而是感情上的距離。或者說，開朗的心地，豁達的寬容。我特別欣賞她寫到她的先生朱永丹兄的那四篇，「把優越感讓給男人」，道盡了御夫教子的秘訣。她勸女性在男人面前，「與其滔滔雄辯，不如微笑傾聽。」如果不贊成他的意見，「卻絕對可以陽奉陰違。」她說，「男人能夠容忍妳的『不講理』，卻不大能容忍被妳的理由所說服。」這本小書就是一個很聰明的女性，明作「不講理」而其實很講理，她講的許多道理，你（不一定是妳）會發現，居然也還能夠容忍。

六十二年十一月二日

近代的臺灣

薛光前博士主編「近代的臺灣」（Taiwan in Modern Times）一書，已由美國聖若望大學出版社出版。全書主旨，如編者在序論中所說，「從倫理、文化、地理、歷史等各方面來考慮，臺灣都是中國完整而不可分的一部份。任何人主張臺灣能脫離中國而獨立，皆是要否定歷史的事實與當前之現況。」換言之，是從學術上求眞求實爲出發，以破除國際間任何所謂「兩個中國」論調的「理論根據」。中國只有一個。本書是以冷靜客觀的態度，來陳述分析這一莊嚴的事實。

全書除序論外，正文共十一章，五二一頁。由十位優秀的學者執筆，其中有六位中國人，四位美國人。各章執筆人依序爲謝覺民、郭廷以（兩篇），白克曼（George M. Beckmann），張旭成、連戰、藺雷（Harry J. Lamley），顧柏林（Hyman Kublin），華克（Richard L.

Walker），顧應昌、魏鏞。

主要的內容簡介如次：

一、臺灣的地理背景。

二、臺灣早期之漢化，（從三國時代到清康熙廿二年鄭克塽降清）。

三、短暫的異族統治時期，即十七世紀中期荷蘭與西班牙人的入侵。

四、鄭成功與中國民族主義在臺灣，包括鄭氏光復臺灣作爲抗清復明基地的始末。中國人在臺灣建立的第一個政府，始於鄭成功。

五、中國對外關係中的臺灣。此時期概含自康熙廿二年鄭氏政權結束，到同治十三年約兩百年間，尤其是在後五十年西方列強勢力東漸而形成的衝擊。

六、清代臺灣內部之發展與現代化。概敍康熙廿二年至光緒十七年間的種種建設，尤以沈葆楨、劉銘傳等人的貢獻爲最大。

七、短命的共和國與抗日戰爭，即指甲午戰敗後，臺胞推唐景崧爲大總統進行抗日的一段插曲。

八、日據時期的臺灣，即自清光緒二十一年割臺後，到民國三十四年臺灣光復前，日本人以嚴酷手段統治臺灣的分析。

九、臺灣的政治現代化運動。

十、經濟發展。

十一、臺灣：一個現代化的中國社會。

從要目中看來，這是一部自古至今的「臺灣通史」，而又極富時宜性。如最後專談光復以來政治、經濟、社會情況的三章，篇幅上佔全書五分之二。從先民的開啓山林，到今人的刻意經營，精神一貫，讀之令人感興奮發，不能自已。

六十二年八月廿四日

中國與臺灣問題

最近幾年來，美國出版界曾掀起一陣「中國熱」的潮流，有關中國的書籍相繼問世，每年何止三四百種。但其中本乎嚴正的立場，討論中華民國在臺灣治績以及臺灣在當前世局所佔重要地位的著述，寥寥無幾。「三三草」去年八月間曾介紹過薛光前博士主編的「近代的臺灣」，以是臺灣爲主體的政治史，當然也涉及經濟、文化、社會等各方面的發展。

最近又讀到丘宏達博士主編的「中國與臺灣問題」，與前書性質相近，內容則以外交與國際法爲重。兩書正可互相參證。

「中國與臺灣問題」（China and the Question of Taiwan）。正文八章，四一八頁，附有地圖、統計圖表、書目等，由紐約柏瑞格書店出版，定價美金十八元五角。

本書序論由維吉尼亞大學冷紹烇敎授撰寫序論。正文部份分爲兩部，第一部份提供有關臺灣問題的背景與分析，包括：

一、郭廷以：「臺灣的歷史」。

二、馬希孟（Ramon H. Myers）：「臺灣的經濟發展」。

三、魏鏞：「中華民國在臺灣的政治發展」。

四、丘宏達：「中國、美國、與臺灣問題」。

第二部份則是有關的官文書與資料，由丘宏達、陳伯中、陶龍生、和關中等四位編訂，依年號編爲四章。

五、自一六六二年至一九五〇年有關臺灣問題的官文書。亦卽從清康熙元年到中華民國三十九年之間兩百八十八年的重要文獻。清康熙元年是鄭成功在臺灣逝世之年。

六、一九五〇年至一九五八年有關臺灣問題的官文書。這段期間起自韓戰爆發以致金門砲戰。

七、一九五九年至一九七二年有關臺灣問題的官文書。

八、一九二五年至一九七二年有關臺灣問題的非官方資料。

本書出版未久，因第三屆中美中國大陸問題研討會在臺北開會，參與本書編撰工作者，有好幾位都應邀返國與會。承丘宏達與魏鏞兩位先生各以抽印本見贈，雖然我未能看到此書的全貌，但從他們所寫的兩章中亦可想見全書的規模；這兩章正是書中主旨之所在。

有關國際問題的學術性探討，法理與事實必當兼顧。這本書一面提供所有有關的官文書與資料，一面據以作爲分析立論的張本，當然具有重大的參考價値。分析與資料並擧，正可使斷章取義，避重就輕之輩，無所逞其狡辯與詭詞。臺灣爲中華民國的一部份，無論在法理上與事實上皆有不容置疑的堅強根據。本書與「近代之臺灣」都是海外學人爲學術求公道，爲國家張正氣而努力的結晶，値得讚美●

六十三年一月十八日

生動的介紹

在新聞界朋輩之中，洪健昭兄是一個出色的人物。他屬於不愛多言而「眞幹活兒」的角色，年紀很輕，頭髮很少，不明底細的人往往以爲他已經不再「青年才俊」。其實他現在仍然可以下場參加激烈無比的橄欖球賽。大家知道他英文很好，他自己說，「我的日本話比英語還要來得道地些——就是不高興講。」這樣跡近自負的話是只在好朋友酒酣耳熱之時才肯說的。

在臺大畢業之後，健昭去南伊利諾大學讀新聞，得碩士而歸，近十年來曾先後在合衆國際社臺北分社和兩家英文報服務，現任中央社英文部主任，並在幾所大學裏敎書。

最近，健昭寫了一本書，「今日臺灣」（Taiwan Today），全書分爲五章，五十五篇，一三〇頁，由臺北「英文中國日報」出版。作者說明他寫這本書的動機，是爲年輕的後進同業提供一些寫特寫的「訣竅」；同時也可作爲大專學校裏新聞系科同學們「新聞英語」一課的參考書。

新聞記者寫文章，對於材料的新鮮十分注意。此書以「今日臺灣」爲題，當然更要以「時宜性」爲着眼。五章之中分別討論了臺灣的經濟，農業與工業，人民、文化、與娛樂，金門與馬祖。由此可見，其重點是在臺灣的社會面、文化面、以及經濟生活的各種成就。

健昭的文筆簡潔生動，選題也頗具眼光。譬如他談到的造船工業，一貫作業的大鋼廠，南北高速公路，北廻鐵路，電力，重化工業，都是目前最受各方矚目的話題。同時他也沒有忽略一些與民生有關而還夠不上「九大工程」的次要的進步，郵政、電信、貨櫃運輸，乃至臺灣的花卉。社會生活方面，涉及民間風習者有端陽的龍舟、清明節、過年；人口問題與計劃家庭，觀光事業，電視，「長髮之戰」，針灸，乃至於禁止盜印圖書。特別有趣的是，他能夠用具體的事實來解說抽象的觀念。像關於「小康計劃」的一篇，便是先從幾個實例入手，如此則易於給讀者——那些不懂中文亦不一定瞭解中國文化背景的人們——一個比較具體而深刻的印象。寫女權的一篇，也有同樣的妙處。他指出，孔子門下三千弟子沒有一個女性；而今天，「穿着迷你裙的女學生人數日益增加，至少有一所著名大學裏，女生人數已經超過了男生。」他擧出統計數字來證明，國立政治大學有二、二三七位女生，而男生只有二、〇九九人。

如說這本書有什麼缺點，主要在於內容還不夠平衡。必須注意的是這是一本各成段落的自選集；因此，我倒希望他將來能再抽出時間來用英文再寫一本非新聞體裁的、一貫作業的介紹臺灣的書。我想，這是很有需要的。

六十二年十二月八日

中國人的性格

中央研究院民族學研究所出版「中國人的性格：科際綜合性的討論」，雖是一本學術性論著，一般讀者也可能會感到很大的興趣。由李亦園、楊國樞兩先生主編，收論文十二篇，附錄有關書目，四六六頁。

國民性或民族性，在基本文化與人格理論上有其重要性；李先生在序言中說明，當此不同文化接觸頻繁的時代，「對自己能多所瞭解，才能在接觸別人的情境下認淸自己，而不致迷失方向。」我常常認爲，個人也好，民族也好，每苦於不自知。不能自知亦必不能知人知世。

此書是把「中國人的性格」作爲行爲科學或社會科學科際綜合研討的題目。參加提出論文與討論者，互相切磋，藉以「促成一種虛心接受客觀批評與建議的風氣。」因此，他們先後舉行討論十餘次，全部錄音，再由各作者修改自己的論文。凡作者不同意的意見以及一般性的批評註釋，都附在各論文之後，「討論」部份在書中約佔五分之一的篇幅。這一作法無論對作者或讀者，都頗具有啓發性，值得鼓勵。

全書大體分三個單元，先討論傳統中國人性格問題，包括——

韋政通：「傳統中國人理想人格的分析」

文崇一：「從價值取向談中國國民性」

朱岑樓：「從社會個人與文化的關係論中國人性格的恥感取向」

楊懋春：「中國的家族主義與國民性格」

其次的三篇以「文化產物」作分析對象——

李亦園：「從若干儀式行爲看中國國民性的一面」，討論到冥婚、童乩和風水。

徐靜：「從兒童故事看中國人的親子關係」

曾炆煋：「從人格發展看中國人性格」

然後是四篇以調查或測驗方法研究當代中國人性格及其變遷的——

楊國樞：「中國大學生的人生觀」

李美枝等：「中國大學生的價值觀」

吳聰賢：「現代過程中農民性格之蛻變」
瞿海源等：「中國大學生現代化程度與心理需要的關係」
最後一篇是，項退結：「中國國民性研究及若干方法問題」，綜述各國學術界對這個問題所用的研究方法與成就，作爲全書總結。

這十多位作者雖主修學科不同，大都曾在國外獲得高級學位，目前在國內服務，分別在中研院或各大學擔任研究與教學工作。從這本書來看，他們確能用其所學，以冷靜客觀的態度追求事理之眞，既非純感情地謳歌往昔的光榮，亦非一味排詆傳統。大家坦誠而虛心地研究問題，顯示學術界繼起有人，能運用科際整合的團隊精神，追求更眞切的結果，這自然是可喜的現象。

六十三年一月十一日

致被放逐者

從文學看性格

中國人口在七億以上，居世界第一。中華民族有上下五千年的歷史，是人類文明主要的一支。因此，像「中國人的性格」這樣的大題目，無論用什麼方法，要想求得明確而一致的結論，幾乎都是不可能的。

昨談李亦園先生等編「中國人的性格」；他們認爲，要有效地研究這個問題，應從心理學、人類學、社會學、精神醫學、史學與哲學各科不同的方法與觀點，作綜合的討論，始能爲功。此是無所偏執的見識，但我認爲仍有未足。

影響乃至融鑄民族性格的因素，太多太多。我覺得至少文學與宗教這兩種「非理性」的因素，不但不可忽略、排除，且應善加重視。

就文學而言，中國學術傳統上文史哲的界線往往同源而難分；而文學作品的影響力，上至廟堂，下及草野，其普及性或更超過經史而上之。我們要瞭解中古以後西方民族性的演變，基督教義固必須明白，但丁、莎士比亞與歌德，亦不能屏而不讀。同樣的，像陶淵明、杜甫、李白等人的偉大詩篇，無形中影響中國人性格者，亦至今嬝嬝未絕。

中國人對於「義」的觀念，眞正直接得之於孟子者，可能遠不及從小說中和舞臺上「桃園三結義」或「梁山泊一百單八將」所得的印象爲強烈。一部「紅樓夢」所反映的倫理觀與戀愛觀，可能比任何正史爲眞實而具代表性。心理學、人類學、社會學等提供的工具與方法當然可貴，但文學藝術中所包含的材料，更需要大家去下「沙裏淘金」的功夫，尋找其脈絡，鑑定其影響。

再就宗教言，中國歷史上幾乎沒有像西方那樣「一王、一教、一法」的時代，也沒有宗教戰爭；可是高層次的宗教思想和低層次的迷信，對中國人的性格與心理的支配力，仍值得作深入研究。古代的陰陽、五行、讖緯，姑不必論；亦園兄分析的冥婚、童乩、風水，便都與迷信有關。甚至在今日的大都市中，看相、算命、摸骨、圓夢，皆相當流行。大工程破土仍要燒香祭神，有些地方的縉紳名流，如有爭執難決，也仍會到城隍廟去「斬雞頭」。相信「輪廻」之說的人可能已經很少，但「報應」之類宿命論的想法，連知識份子也未盡免除。從這些方面探討，很可能得到若干有趣的參證，更能觸及中國人性格的隱微。

我們這一代接受一些西方科學訓練的人，有時會在有意無意之間懷着一種願望，要把從西方學來的方法和工具移用來解決我們的問題。這種態度基本上並沒有什麼不對，但其中潛伏着一種危險，那便是勉強用材料去適應方法和工具。其後果是：方法與結論都很合乎「科學」，但卻不一定眞實，更不敢說完整。像研究「中國人的性格」，科學方法是可行且也有貢獻的；然而性格演變畢竟有情感的成分，有若干非科學所能具體衡量統計的因素，似仍值得考慮在內。

六十三年一月十二日

亞洲戲劇

「亞洲戲劇」(Asian Drama)是一部妙書。它既非談戲劇，也未涉及亞洲整體；而是一部嚴肅的學術著作，要點是在討論南亞國家的貧窮及其經濟發展問題。

全書三卷，二、二八四頁。在臺北的西書店裏，二百元可以買到。我對這類書籍本來沒有什麼興趣，慷慨解囊完全是由於慕名。此書的作者甘納·梅達爾(Gunnar Myrdal)，是一九七二年諾貝爾經濟學獎金的候選人之一。雖然他後來並未得獎，但他的學術地位仍然受到各方的推重，將來仍有得獎機會亦未可知。

梅達爾博士一八九九年出生，今年已七十四歲高齡，是國際聞名的經濟學家與社會學家。原籍瑞典，現任斯德哥爾摩大學國際經濟學教授，瑞典國際經濟研究所所長。過去曾任公職，爲瑞典政府財經問題顧問和商務部長，也擔任過參議員。從一九四七到五七的十年之間，是聯合國歐洲經濟委員會的秘書長。他的著述甚豐，如一九五六年的「國際經濟學」，一九六〇年的「福利國家之外」，一九六三年的「對豐足之挑戰」等。更有名的是他接受美國卡內基基金會委託，從一九三八年到四三年期間，研究美國的黑人問題，一九四四年出版了「美國的難局」，學術界認爲那是從外國人立場所寫有關美國黑白糾紛最爲深刻的一本書。

「亞洲戲劇」是一部規模更大的書，作者自一九五七年開始着手，預定二年半可以完成；但因問題的牽涉越來越廣，直到一九六七年方得出版。在這十多年間，梅達爾曾到新德里居留從事實地調查，並與有關國家學者研商。在本書扉頁上列名的主要助手六人，都是美、英、芬蘭、瑞典等幾個國家的學人教授，作者除了在序言裏對於協力合作的人一一致謝之外，並將此書所有的大綱、草稿、校樣、通信和其他有關文件，都存入瑞典圖書館，以備公衆參閱，當然也有不掠人之美的用心。

此書的寫作與出版，由「二十世紀基金會」支持，這個基金會成立於一九一九年，網羅各國學者參加，研究的對象以與經濟、社會和國際問題有關者爲主，目的是對於當代發生的重大問題反映學術界的見解。這個基金會以理事會爲決策機構，現任主席是波爾教授（Adolf A. Berle）。基金會選定研究的主題，禮聘專家，提供金錢、人員與資料等各方面的協助，並負責研究成果的出版；至於書應該如何去寫，作者保有完全的自由。

由非營利性的機構支援大規模的學術研究，在先進國家已屬常事，這種情形在我國似尚不多覯，因附帶提及，聊供國內賢達的參考。如何協助學術界使能專注心力去作研究工作，我們的社會有很多尚待努力之處。

六十二年六月三十日

平等與民主

梅達爾博士的「亞洲戲劇」究竟是一本什麼樣的書？

這部兩千餘頁的書，分裝三卷，內容共分七部，卅二章；其中附錄部份佔四百餘頁，是十六篇相關的論文；另附統計圖表數十幅。

這部書的主旨，是在討論南亞地區國家經濟落後、經濟發展，以及經濟發展的設計。作者說明，他所謂南亞地區，包括印度、巴基斯坦（應亦包括新近獨立的孟加拉）、緬甸、泰國、錫蘭、印尼、菲律賓，偶亦涉及越南、高棉和寮國。這個區域對社會科學家來說，可能是資料最缺乏、研究最困難的地區之一。作者承認，書中有許多地方都是以印度爲主體；而討論問題所依據的資料，截斷期是從一九五七年到一九六六年初爲止。

全書七部的組織分爲：緒論，政治問題，經濟現實，第三世界的設計，勞力使用問題，人口數量問題，與人口品質問題。由此可見，作者討論的主題固在經濟或「貧窮」的問題，但亦不能不涉及政治與社會。作者自己就說，將經濟因素與非經濟因素截然劃分，只是人爲的權宜之計。

目前，南亞不是對我們關係最密切的地區，這本書的資料又以六七年前爲限，已經相當「過時」，然則這本「亞洲戲劇」對我們有何價值？

一則因爲它已是一本世界公認的名著，二則因爲它所討論的經濟發展問題，也正是我們目前最爲關心的問題。我們的處境與條件與印度等國家固然大有不同，歷史背景與現實問題尤有殊異，但是，由於梅達爾所用方法的客觀精密，有些地方頗有啓人深思的作用。

譬如第十六章「平等與民主」，就有很精彩的議論。南亞國家過去都是殖民地。由殖民主義者（如英法荷等），帶來了平等自由等觀念；這些觀念亦成爲後來推翻殖民主義的動力。這些新興國家追求社會平等，而經濟平等只是其中的一部份，但也被認爲是最重要的目標。這些國家都把平等與民主的理想加以條文化，明定於憲法之中。各國都把民主福利國家的觀念懸爲目標。不幸的是這些國家的人民，希望能享受經濟平等的果實，卻並不願或不能承擔其在民主社會中所不應規避的責任，結果就很容易陷入非理性的激進的宣傳圈套中去而不自覺。

梅達爾的書不僅是爲分析南亞貧窮國家面臨的問題，也在說明南亞與西方的不同，特別是在社會價值觀念方面的不同。南亞地區人口佔世界四分之一。那些人的未來命運當然與亞洲和世界前途有極大的關係。

六十二年七月三日

馭虎精神

少時讀「封神榜演義」，記得書中有個趙玄壇，後來封爲財神。財神老爺是騎老虎的。今年歲次甲寅，令當猛虎之年。一月廿六日是農曆新正初四，政府公佈了「穩定當前經濟措施方案」。這兩件事連在一起，使我想起了那位騎老虎的財神爺。

財神星君在仙班之中，排名不高，距離西天如來、玉皇大帝、鴻鈞老祖等，都十分遙遠。就是在凡人心目中，金光閃閃的財神爺雖然受歡迎，但那種歡迎是很世俗的，多少總有些互相利用的意味，正好像把糖瓜送給竈王老爺「餬餬口」。

記憶所及，財神爺黑面濃髯，手執金鞭，甲冑整齊，威儀儼然，不過，他究竟有多大道行，似乎未經特別描述，然而，用現代眼光來看，受封財神與騎老虎，頗有象徵意味。

財經問題經緯萬端，但在我們外行人看，說來說去無非就是錢，金錢如猛虎，據說，其魔力不僅是「能使鬼推磨」。趙玄壇沒有什麼了不得的仙術，可是他能騎老虎。也許這一套馭虎之術，就是他在「職位分類表」上的專長。

錢多了，應該很快樂——但這只是大膽的假設。錢可以滿足人的某些慾望，但並不是所有的慾望都能藉金錢求得滿足：人的境界與趣味，隨着他的學識、經驗、修養而提高，必然會超過「恭喜發財」的層次。

有位朋友引述西方名言說：「當你自以爲擁有（own）許多身外之物的時候，它們也就擁有了你。」那個 own 字聽起來很使人不自在；推論下去，擁有的越多，自由越少，因爲你可能在入主出奴的過程中失去了你自己的本然。

寫「湖濱散記」的梭羅（Henry David Thoreau）說，「唯有站在安貧樂道這一有利的地位上，我們才能成爲大公無私的、聰明的觀察家，來觀察人生。」有朋友提議組織主筆聯誼會，我建議這位梭羅先生有資格被追贈爲榮譽會員。

安貧樂道是「有利的地位」，正如同趙玄壇以虎爲奴，叱咤風雲於九天之上，要這樣我們才能更眞實地擁有自我，不失靈明。錢是可愛的，但也並不那麼可愛。

於是，這才伏案惡補，讀一讀薩繆森（Paul A. Samuelson）的「經濟學」第八版。這是美亞書局去年影印的新版本，四十二章，八六八頁。此人雖是得過諾貝爾獎，名高一世的學人，文章卻是平易近人，直白曉會；我挑中第十五章「價格與貨幣供應」和最後一章對各種經濟制度的評論。他很樂觀地判斷，人類可以同時得到經濟的和政治的自由。看來眼前物價雖然漲一點兒，但我們走的路是絕對正確的，讀書未必使人有學問，然而卻可以使人心平氣和。

六十三年二月二日

必須趕讀之書

近來趕着讀一本書；很怕讀得慢了，它會澈底成爲明日黃花。這就是白修德（Theodore H. White）的「一九七二年總統的產生」（The Making of the President 1972）。這是一九六〇年以來，白修德以美國總統大選爲題材寫成的第四本專題報導。就書論書，寫得相當之好。

白修德其人，我國知識份子並不陌生。他於一九一五年生於波士頓，一九三八年哈佛大學畢業。次年任時代雜誌特派員到我國採訪，後來升分社主任，是當時駐在重慶的「中國通」之一。但白修德染上所謂「自由派」的通病，對中國問題存有若干幻想色彩的主見。一九四六年寫的「中國之雷聲」（Thunder out of China），對毛共頗致期待之意。此後他與時代的老板魯斯失和，回美後一度頗爲沈寂。他主編過「新共和」，擔任過「記者」與「柯里爾」兩個雜誌的特派員，一九五八年出版第一本小說「山路」（The Mountain Road），反應平平。

一九六〇年，甘廼迪與尼克森角逐白宮；當時我正在美讀書，從報章雜誌和廣播電視中接觸到有關大選的報導與分析甚多，但次年讀到白修德的「一九六〇年總統之產生」，對於他蒐集材料的勤奮，分析事理與背景的深到，行文剪裁之流暢精審，不能不表示敬佩。那本書使白修德獲得一九六二年的普利茲獎，並使他決心此後每四年寫一本「總統之產生」；就報導大選而言，白修德單鎗匹馬寫出來的作品，竟爲擁有千百名記者編輯的大通訊社和報紙雜誌所不及，形成當代新聞寫作中「專題報導」具有特殊風格的典型。

當然，白修德的觀點，尤其有關亞洲的部分，與我們的看法相距甚遠。不過，以美國人而論美國事，他的見解仍頗有可取之處。

尼克森總統一九七二年競選連任，獲得壓倒的勝利，聲華鼎盛，如日中天。豈料由於水門一案，舉國騷然，國會有彈劾之議，民間多怨望之聲。在美國一百九十餘年的歷史上，以元首之尊而窘困如此者，誠未之前見。其副總統安格紐已因案辭職；被提名繼任副總統的福特，原爲衆院共和黨領袖，人望甚佳，新命的通過國會必不成問題。衆院議長艾伯特曾預料，在福特正式出任副總統後，尼克森可能於明年三月以前請辭。政海波濤，險不可測。尼克森的任期尚有三年，縱使艾伯特之言不驗，此番「危機」倖能渡過，前途亦必步步荊棘。今日讀白修德之書，不僅感到

「載舟覆舟，所宜深愼」的正確，甚至對美式民主政治的價値，也不能不有所疑。尼克森這樣進入歷史，亦其始料所不及了。

六十二年十一月三十日

四與一

白修德的四本「總統之產生」，出版後都成爲暢銷書，而以第一本享名最盛，後面的三本，我亦一一讀過，總覺得多少有些坐享「餘蔭」的味道。

「一九六〇年總統之產生」，雅典娜書店一九六一年出版；袖珍本的紅鳥版同年十一月初版。全文分兩部，共十五章，四八一頁。暢銷百萬册以上，是屆選舉結果，民主黨參議員甘迺廸以十餘萬票擊敗共和黨當時的副總統尼克森，選情緊張。雙方旗鼓相當，勢均力敵，所以特別引人入勝。甘迺廸的才華辭藻，甘氏家族的組織力，從此書才能得到較完整而深入的瞭解。尼克森敗於一個初試啼聲的政壇新秀之手，並不偶然。

甘迺廸一九六三年被刺殞命，副總統詹森繼任，一九六四年競選，他的對手是共和黨保守派參議員高華德。白修德的「一九六四年」仍由雅典娜書店於一九六五年出版，不分部而分十三章，四三一頁。就從甘廼廸被刺寫起。是屆大選雙方實力懸殊，可以說不待投票而結果已成定局。詹森以現任總統求取選民的付託，佔盡優勢。高華德本在野黨中的少數派，居然能縱橫捭闔，抓住黨組織贏得提名，固亦一時之奇才。這本書的精彩處，就在從高華德如何奪取提名，又從他而失敗說明美國政治社會中的主流思想。

詹森的勝利是絕對的，當時甚至有人說，共和黨因高華德的失敗而分裂，此後將一蹶不振。可是，詹森的越戰政策，師老無功，內外交責，使他決定不再競選連任。於是演出兩位前任副總統韓福瑞與尼克森對壘之局，結果尼克森險勝。白修德的「一九六八年」，是他自費於一九六九年出版。分三部十三章，四五九頁。從越共的冬春攻勢寫起。民主黨方面的羣雄併起，麥加錫異軍突起，羅伯甘廼廸聲勢尤為驚人。小甘如非那年死於非命，韓福瑞未必能得提名；尼克森能否進入白宮也大有問題。如是則歷史將是另一種寫法。

一九七二年即是尼克森大勝民主黨的麥高文參議員；麥高文的崛起，其始末與影響和一九六四年的高華德有許多相同之處。白修德的「一九七二年」今春自費出版，不分部而分為十四章，三九一頁。在這本書中他強調這是第二次大戰後時期的結束；此後的國際關係與美國政治都進入同一個新的紀元。

美國以其國勢之盛，爲戰後自由世界的盟主，美國大選乃成爲全世界關注的新聞。但我們外國人看大選，大都注意在兩黨提名之後以至投票的最後結果。這是不夠的。白修德的書，遠自兩黨的預選寫起，從而才可看出美國各州乃至一城一地的問題。爲瞭解美國當代政治的實體，政黨的運用與社會的變化，這幾本書是不應放過的。在我個人的看法，白修德在美國的地位，至少亦當與約翰·根室伯仲之間。眼前新聞界的幾支大筆，不足以與之爭衡。

六十二年十二月一日

自由的悲劇

論人論事，不可以偏概全。這是我們新聞記者引爲戒律的。關於梅勒（Norman Mailer）的書，雖有深憾，但我仍然希望他，以至自由世界的這一代作家們，能有所自省。

梅勒是哈佛大學出身，正當五十歲的盛年，過去著述頗富，聲華藉甚。最近因寫瑪麗蓮夢露的傳記而轟動一時，「時代」週刊取爲封面人物。據時代報導，題爲「瑪麗蓮」的這本書，開本甚大，長十一吋，寬九吋，正文約九萬三千言，並有廿四個名攝影家的圖片一百十一幅，全書重達三磅三兩，每册定價美金十九元九角五分。在美國的第一版預定印廿八萬五千册，單是內頁就要用一百萬磅以上的紙張。「每月讀書會」選爲八月份的月書，電視與電影都可能取爲改編劇本的題材；將有十二個國家會出版譯本，包括法國、日本、芬蘭等在內。

梅勒為什麼要寫這樣一本書？報導說，他曾五度結婚，有七個兒女，兩座住宅，為了維持用度和付稅，每年要廿萬美元。「瑪麗蓮」的預付版稅是五萬元，他可以得到三分之一，將來的收入當不止此。

另一個理由，如梅勒自己說，「我們作家們自視如體育家而不是學者……我寫這本書的部份理由是，我想要告訴每一個人，我曉得如何去寫一個女人。」這種爭妍鬪勝的心情，當然也不難索解。

在自由社會中，每個人可以各逞才能，自求多福，只要在法律許可的範圍之內，如何賺錢，非他人所能置喙。梅勒目前正在寫一部以一個猶太家族的經歷為題材的小說，全文卅萬字。想必運思甚苦，中間擠出三四個星期的時間來寫點輕鬆的東西，既可收一筆外快來還債，又可以換換心情，似屬「未可厚非」之事。

在讀時代這篇報導之同時，我正在讀黃文範兄寄來他所譯的索茲尼欽名著：「一九一四年八月」。這兩件事不啻是極其尖銳的對比。在蘇俄，索茲尼欽是一個沒有行動自由的「化外之民」，靠退休金度着最清苦的生活。然而，他仍能慘澹經營，寫出大氣滂礴、正義凜然的劃時代作品。他的寫作不僅非以世俗名利為心，甚至於不計安危、不惜生死，這種勇氣與風格，和梅勒的動機相去何止天淵！

自由是寶貴的東西；但惟有自由的人能忠於自由、珍愛自由，自由才有價值可言。梅勒有充分的寫作自由，但他利用這種特權，爲金錢與虛榮而寫作，其「份量」如何，殆可不待蓋棺而論定。謂之爲「自由的危機」，或非過苛吧。

一個作家如能堅貞自守，新沙皇體制未必能阻絕其影響；如不幸而與世浮沈，最有利的環境也仍然潛伏着使人腐化的危機。

六十二年七月二十八日

毋忘當初

今天是九月一日記者節。作爲一個新聞事業的學徒，當此自己的節日不禁有幾句話要說。我國的新聞事業，歷年來有極大的進步。內容的充實，業務的發展，以及對國家與社會的獻替，皆爲有目共覩的事實。新聞界爲國民作耳目，爲公衆作喉舌，維護國家的利益，也向政府盡諫諍之言責，互勉競進，這是千百位從業人員集體努力的成果。

有位好友常常對我說，一個人也好，一個事業機構也好，要時時刻刻記住開始「起步」的情景。「毋忘當初」的一念，是策勵我們繼續奮鬪最大的動力之一。

回想二十多年前，新聞界華路藍縷，歷盡艱辛。以報業爲例，有幾家不是風雨飄搖之中？有的報紙主持人親自騎了脚踏車去洽談業務，有的報紙還是油印，也有的報紙到了午夜還在爲第二天早晨的白報紙發愁。還記得某一重要新聞機構的總編輯，襯衫領口破了，有人說，「某公，您這件襯衫可以換一換了。」那朋友說，「復國大業，正要靠我們這些人！」這種話代表着一種「富貴不能淫，貧賤不能移」的風骨與氣概，至今回想，猶感親切無比。

新聞事業的發達，除了從業人員自身的辛苦經營之外，還有兩個重要的前提：一是整個經濟的進步與教育的普及，為新聞事業提供了積極開展的背景；一是政府對於新聞自由的尊重，為新聞人員提供了充分發揮的環境。正由於客觀條件的配合，乃使新聞事業欣欣向榮。單單以最近幾年來各報社興建新廈，改善設備的進度而言，其「成長率」之速與猛足可與任何國家的報業相媲美。

但是，新聞事業的盛衰榮枯，與國家命運不可分。當此國步艱難之會，我們同業自應互相督責勉勵，以惕厲戒懼之心，追求更大的進步。

任何事業的成功，關鍵都在於人。人的刻苦奮鬪、團結合作，是進步的動力，成功的基礎。今天，政府在厲精圖治，全面革新。新聞界朋友們除了積極響應，身體力行之外，更要牢牢記住當年創業的艱辛，百尺竿頭，更進一步。物質建設只是精神運動員的工具，新聞事業報效國家者，正是要倡導積極進取、勇往直前的精神。

六十一年九月一日

光明之筆

近世社會分工細密，不僅學問爲然。每一種行業，必有若干必信必守的最低標準，亦必有若干至正至大的最高典範。這些標準與典範，僅僅形諸語言文字是不夠的，而必有一代人物恭行實踐，留爲典型。有人說，所有的道德律，如不能藉行動以充實之，是沒有什麼價値的。所以佛陀要出世，基督要上十字架，文天祥要不惜一死而「留取丹心照汗青」。

以我們新聞事業爲例，有若干「不可爲」的禁忌，也有若干應當「生死以之」的信條。這些道理大家都明白，但是，當我們讀了許多位前輩的懿行盛跡，乃更感到激揚奮發。新聞事業的發展，以報業爲先。最近讀到同業先進徐詠平先生著「革命報人別記」。得到很大的鼓舞。

此書共分二十二章，三四六頁，正中書局出版。其中記　國父藉報紙來鼓盪風潮、創造時勢者共五篇；其次則包括革命報人陳天華、秦力山、鄒容、章炳麟、宋教仁、陳少白、田桐、秋瑾、寧調元、陳楚楠、居正、戴傳賢、林森、吳鐵城、蔡元培、陳果夫等十六人，人各一篇，秋瑾女士是唯一的女性，果夫先生則是「廣播保姆」，開電化新聞的先河。

國父立黨建國，最重宣傳；所以，第一代黨人幾乎都曾或長或短參與報業工作。就以此書所傳的人物，壯歲大多從政治學，各有成就；陳天華、秦力山、鄒容等不幸早故，但其事功貢獻也不僅以報紙爲限。元老先烈中以辦報而聞名於世者，尙有如于右任先生等。雖當年際遇艱苦，各種條件遠不如今，但他們那種爲革命奮不顧身，驚天地而泣鬼神的精神，眞「黨人魂」亦「報人魂」也。

中國新聞學會於卅三年在重慶復會時，曾發表宣言，由張季鸞先生起草，其中推崇國父「奮其精誠熱烈之言論，教訓國人，始終勿衰。故由報人立場論，中山先生乃中國最偉大之主筆，而革命與言論，實有不可分離之關係也。」

國父提示報紙的責任，是予人類以眞實的知識，互助之精神，形成心理上的光明。 國父於民國九年的一篇文章中說，「惟此種光明，能指示人生之趨向，而凡舊社會之迷妄偏執，一一須以光明照臨破除之。障礙既除，然後此所謂互助者，可得而實現。蓋光明者不外使人認識責任，認識眞理之工具。苟有工具而不用，或遺其實而鶩其名，則無益而有害。抑且以光明與人者，其功固大，而責任亦尤重。苟其挾成心而以先入爲主，則非光明之義，而禍患將由以胎。」 國父正是把光明照燭人間的大人物。此書所引之嘉言，所述之懿行，可供今日新聞界同仁省察思量者多多、皆不啻吾業之典則，值得我們細心研讀，終身效法。

六十二年七月六日

北雄與南秀

臺北市記者公會爲倡導讀書風氣，鼓勵同業切磋進修，出版新聞叢書，至今已達二十七種。過去所出版的書，多以新聞道德、新聞自由、以及新聞事業中的實際問題爲主：今年新出兩册是兩位新聞界前輩的傳記：「陳布雷先生傳」與「于右任的一生」。

傳記是最有感情的歷史，也是最富啓發性的文學。傳記所傳者，不僅是一個人物，也是一個時代。好的傳記不僅可見一人物一時代的事蹟，更傳達了一種浩然長在的眞精神。這精神便是民族生命中的智慧光華。

曹聖芬先生以記者公會理事長身分爲兩書作序說，「于、陳二位先生有許多不同之處，論個性，于先生豪放，陳先生拘謹；于先生悲歌慷慨，是北方之雄；陳先生繾綣纏綿，是南國之秀；

但二位都是新聞記者出身而從政，而從政之後仍然給予新聞事業，給予新聞界保護容忍的援助。」北雄南秀一語，足可概括二公的性格與平生。

其實，于、陳二先生眞正獻身新聞工作的時間，並不算長久；然而我們不能忘記，他們是現代中國新聞史上第一代的先鋒。斬荆棘，闢草萊，開風範，樹典型。他們的手澤蹟業，早已隨時代的洪流以俱去；然而，他們爲新聞事業而嘔心瀝血，受盡艱困，歷百刼而不折的精神與正氣，則依然瀰滿人間，薪火相傳，爲後世的中國新聞記者景慕仰止，永爲師法。所以，這兩本書不僅是絕好的傳記文學，對新聞同業而言，更是絕好的新聞道德之教材。進德與修業，盡在其中矣。

兩位先生都是自學成名，爲文壇重鎭；而在國家處境最艱難之際，秉筆如椽，扶持正論，勢挾風雷，氣吞河嶽，覺迷破謬，達到了 國父所說「鼓動風潮，造成時勢」的影響。在革命的過程中，他們忍受精神上的挫折，物質上的匱乏，其間可感可泣的事多多，皆由這兩本傳記表而出之。及至入仕之後，雖皆榮顯一時，位高權重，而貞介自持，始終無改書生本色。從忠愛國家的大節，到孝親尙義的立身處世之道，在在皆足爲後輩的新聞記者所師法而篤行。

近年濫竽教席，閒常涉獵中西典籍，也讀過一些西方報人的傳記；而我國報業前輩的傳記獨少，極引爲憾事。現在，讀到這兩本書，覺得十分興奮。一種行業的榮譽，不僅存在於某些崇高至大的目標上，更是表現於某些傑出人物的事蹟與精神裏。誠如文文山「正氣歌」所說，「哲人日已遠，典型在夙昔。風簷展書讀，古道照顏色。」典型在前，後繼者應有所感悟。

六十二年九月七日

大丈夫

于右任先生開國人豪，巍巍大老，詩書文冠絕當世。早年獻身新聞事業，鐵肩道義，血手文章，皆與國史長存。及謝世之後，程滄波師爲撰「行狀」說，「公以書生亡命出關，六十年廊廟江湖。天爵人爵，榮顯至極……然公卓然獨立，居恆鬱鬱，若有終身之憂者。從知大丈夫來往出處，自有本末，世間文章富貴，曾不足稍縈其心。」這是對右老性行志業最眞實的寫照。「于右任的一生」這本書，正是此一代「大丈夫」的傳記。

「于右任的一生」，李雲漢先生著，臺北市記者公會出版，全書十六章，二七五頁，前有國父爲民立報所題「勠力同心」等珍貴圖片，後有參考書目等九十七種，民立報上傳主作品篇目二百餘。內容週備謹嚴，似爲右老身後最完整的一部傳記。

李先生治近代史有聲於時，對晚清變法以及清黨前後史事，特有專研。他以治史的方法來寫右老的一生，取材宏博而審愼，文章簡要而暢達，尤其他能將右老的事蹟與時局經緯相結合，要言不繁，指出人物在時代中的影響與關係，從傳記中反映了歷史的大面貌，更是難得。書中摘引右老的詩文及其他材料，選擷精到，眼界甚高。

革命是理性的事業，無眞知定見不足以言革命。然革命更是感情的事業，無熱情眞性亦不足以言革命。右老少年喪母，由伯母撫育成人，「伯母於每年寒食節，必帶我回鄉掃墓……至先母墳前必哭，哭必祝告：『兒幾歲矣，讀書幾册。』我聞而悲慟，讀書不敢不勤。」

右老二十五歲，已是「狂名」藉甚的革命者，清廷密旨「拿獲卽行正法」，他才潛離故鄉，亡命出關，過南京遙拜明孝陵的絕句：「虎口餘生亦自矜，天留鐵漢卜將興。短衣散髮三千里，亡命南來哭孝陵。」豪情勝概，至今令人嚮往。

右老在上海辦報，先後有神州、民呼、民吁、民立等報。民呼日報自創刋至停刋僅九十二天，右老爲此報而陷縲絏者竟三十有七天，「酷暑如焚，死生難測。」關於辦報的六章，允爲全書精華所在。右老爲國族興衰，生民利病所發的議論，不僅當時震動朝野，就是六十餘年後的今天讀起來，猶覺虎虎有生氣。

本書傳主雖爲一代名流，但有很多事故是我們後輩不知的。如右老一度絕糧羈旅，有同志爲他偷燒餅而挨打，兩人「抱頭痛哭」。如三二九黃花崗之役，右老在上海的報社中親譯電文，譯得殉難烈士中有一「宋」字，兩手縢木，哽咽在喉，以為宋教仁必死無疑。此等小處，都可看出老一輩國民黨人在顛沛患難之際，情逾骨肉的精誠。又如書中說到右老頗傾倒於托爾斯泰，亦使我對這位「元老記者」懷有更覺親切的觀感。

六十二年九月八日

甯靜澹泊

民國二十八年十一月，陳布雷先生五秩誕辰，總統手題「寧靜致遠，淡泊明志」爲賀；並有函致布雷先生說，「戰時無以祝嘏，特書聯語以贈，略表向慕之意也。」寧靜與淡泊，正是布雷先生畢生志業節操之所在。

以新聞記者而入仕途，得 總統信任之專，倚畀之重，布雷先生是第一人。但是，數十年官場之中，他唯是寧靜自守，淡泊自期；雖然有俯拾功名如芥子的際遇，往往避之唯恐不及；前如革命軍總部秘書長，後如國防最高會議秘書長，皆謙辭不就。綜其一生，除在民國卅五年一度任國府委員外，未嘗作過特任官。然而，他對國家的貢獻，對政治的影響，尤其是「正其誼不謀其利，明其道而不計其功」的書生風範，數十年間誠不多見。

臺北市記者公會追念前賢，今年請徐詠平先生撰「陳布雷先生傳」，全書十章，三四三頁；前有紀念圖片墨寶等十五幅，附錄遺作六篇，此書除引用「陳布雷回憶錄」爲本之外，壯歲至晚年事蹟，則多取自程滄波、陶希聖、蔣君章諸先生之著作，作者搜求原始資料，用力甚勤；布雷先生執筆之大文章，皆經選要收輯。如民國十七年　總統在北伐成功後在北平香山碧雲寺祭告國父的「祭告總理文」；民國廿三年由徐道鄰先生署名發表的「敵乎？友乎？」民國廿七年代擬「抗戰建國週年紀念告全國軍民書」等篇，皆是有關國運的文獻，書中已轉錄全文。

全書內容，分就家庭、求學、做報、教書、治家、從政、隨侍領袖、指導宣傳、愛人以德，與「油盡燈枯」等十個章目，縷述布雷先生的生平。「做報」與「指導宣傳」兩章尤爲重點。敍事週至細密，是其所長；而體例稍欠嚴謹，是其一短。

布雷先生終身與文墨爲緣，本願與新聞工作相始終，從政而後，受　總統特達之知，參與密勿，公忠體國，「一文之出，全國諷誦；一言旣發，報界景從。」我們今日讀布雷先生的文章，仍可感到那一腔忠愛的熱情，和精誠純一的氣度。據說早年所作短評，常用「水滸傳」中話語，在當時是一種新潮，與壯歲以後的大文章截然不同，可惜我們都不及見了。

先生謀國之忠，週人之誠，已爲世所週知。他越是接近權力中心，越是謹愼戒懼。主持的機構，規模務期精簡，用人更絕不浮濫，自律之嚴，尤足諷世。主持中央宣傳小組工作，本有巨額經費；去世之時，自有的現款不過七百元。遺書中有一條，「寓中新沙發三把及單背椅十把，係宣傳小組之物，應移交宣傳部。」一介無私，纖塵不染，眞可媲美古君子之風，岳武穆說，「男兒欲上凌霄閣，第一功名不愛錢。」布雷先生爲後代留下了最好的榜樣。

六十二年九月二十一日

記訓師一事

立法委員名報人陳訓悆先生，於十五日凌晨一時卅分，因心臟併發症在臺大醫院逝世，享年六十六歲。海內外新聞界同業，對於這位畢生致力新聞事業的前輩之溘然長逝，無不表示痛惜。我於十六七年前，嘗受業門下，對於這位古道典型的師長，尤深悼念。

訓師服務新聞界，先後主持過香港的國民日報、上海的申報、中央日報、和香港時報。中間一度擔任中央社總編輯，並曾在政治大學新聞研究所主講「報業管理」，在同學們的印象中，訓師不是一位口若懸河的雄辯家，但他所講的每一句話都是出自肺腑，得自經驗的箴言。「君子不重則不威」，訓師之贏得部屬與學生們從心裏面的愛戴，正是由於他誠拙厚重的卓然風格而來。

余性駑鈍，受業日淺，又未曾追隨訓師工作，所以對於他在臺北在海外艱苦奮鬪的事蹟，所知甚少。但有一件事令我始終銘感不忘。

十多年前，臺海風雲險惡，海空接觸頻繁。市面傳聞，政府可能頒佈動員令，迎敵接戰，乘勢反攻。當時，訓師的長公子赴美深造，未及一年；訓師憂心忡忡，他發愁的是如何籌措一筆路費，以便讓愛子在接奉召集令的時候，可以立卽返國入伍殺敵。這件事當然只有訓師的少數至親好友曉得，我聞諸張明大姐。

當大局板蕩之時，曾記得有些深受國恩的人，爲了領出國護照而買「愛國公債」，惟恐去之不速。訓師這種公而忘私，熱愛國家的忠誠，求之今世正未可多得。訓師爲新聞界領袖人物之一，而自奉之儉，自律之嚴，皆爲人所共見。否則他也絕不會爲了一張飛機票而繞室徬徨。當時，張大姐和我都覺得訓師的方正近乎「迂」。我們覺得，政府卽使下令動員，未必馬上需要徵集遠在天涯的留學生；如果眞有動員留學生的必要，亦必有妥善的安排，何至於要家長去籌旅費？訓師的「迂」，也正是他令人可敬可愛之處。

訓師所敎示後輩的，不止是「報業管理」的原則與經驗，而是一個人立身處世，行其所宜的大義之所在。訓師在世之日，從未提及此事。在他畢生事業中，這也許只是一件微不足道的小事；但是，這件事令我始終縈廻心際，歷久難忘，形成強有力的啓示。

六十一年十月二十日

董顯光自傳

在于右任、陳布雷兩先生的傳記之後，「董顯光自傳」是今年出版的第三本著名報人的傳記。董先生這一本尤其重要。因爲這是他決定「生前不予發表」的自傳，其眞實性與完整性，自非代爲立傳者所能比擬；他紀述對於某些偉人、某些大事的觀感，更是「只此一家」的原始材料，珍貴可知。

此書的副題：「一個中國農夫的自述」，給人一種新鮮的印象。在一般人心目中，董先生是北伐成功以來「洋務人才」的典型之一。由新聞記者而轉入仕途，歷任要職。然而，董先生更重大的貢獻是，爲專攻現代報學而首開風氣，使中國的新聞記者由「跑街」而成爲一種受尊敬的工作。就某種意義而言，今天的中國新聞記者都曾受到董先生直接間接的影響。

這本自傳原以英文所寫，由曾虛白師譯爲中文，中譯本分廿四章，二三二頁。從出生，受教育、教書，到密蘇里深造，回國辦報，擔任公職，直到退休。作者自序中說，「我雖經常側身在偉大人物的營幕裏……使我有機會觀察到許多歷史人物的特殊性格，領悟到局外人摸索不到的政治意義。但我不是時代潮流的主力推動者。」

民國二年，先烈宋敎仁在上海被刺。董先生奉命到北平去採訪眞相，這是一場政治搏鬪。動身前夕，國父請他吃飯餞行，然後交給他一枝手槍，吩咐他萬一被袁世凱的爪牙逼得走投無路時，不成功，即成仁。

抗戰前夕，董先生應政府徵召離開了英文「大陸報」，轉任公職。他的職務名稱雖屢有改變，實質工作主要是國際宣傳。那一期間的記敍，不僅是個人的遭際，也是國族奮戰，死裏求生的歷史；和勝利後以至先後出使日本、美國所記一樣，有許多重大事件的來龍去脈，至今鮮爲人知。特別在三十八九年之交，爲爭取西方對我國反共立場的理解與支援，歷盡辛酸。他那種不懼艱險、擇善固執的精神，與陳布雷先生的感激知遇是一樣的。但是，讀了董、陳兩本傳記之後，可以得到一個殊途同歸的結論：眞正的新聞記者絕不應該去作官。那是兩種不同的才能氣質，兩種不同的人生觀。

曾虛白師與董先生論交數十年，是董先生的知己，也是事業上共同負責的夥伴。曾師以七句以上的高齡，將這本洋洋數十萬言的傳記譯出來，嘉惠後學，意義尤爲不凡。除了文字的精美之外，如書中許多情節人物，非有曾師親與其事的經驗，是無從下筆的。此正古人之所謂「一死一生，乃見交情。」董先生九泉有知，亦必引爲深慰。

六十二年十月十九日

念兹集

新聞界老前輩蕭同玆先生於十一月十一日逝世。享年八十歲。蕭先生在世之日，新聞界同仁，皆尊稱「三爺」而不名。他實在是我國新聞事業史上一位劃時代的人物。

讀大學時，曾上蕭三爺的課，講述他如何把中央通訊社從兩間辦公室辦成擁有兩千多員工，新聞網遍佈世界的五大通訊社之一。對於青年後輩，實在是極大的鼓舞。他引爲得意一事，是請准蔣總司令，使中央社成爲新聞發佈機構，而不僅是爲黨部或政府宣傳。大門外不要再有武裝的衞兵。這是具有象徵意味的一種革新。那已是將近半個世紀以前的事了。

蕭先生七五誕辰那一年，中央社部份同仁編了一本祝壽的小册，題爲「念玆集」，一一八頁，封面是蕭三爺打保齡球的彩色照，白髮紅衣，神采飛揚。曾虛白師以「介紹這一本口碑紀錄」爲序，內文四十九篇；是中央社老同仁們各自記述其生平與蕭先生交往際遇最值得回憶的一二事。此書當時共印一千五百册；今日重讀，更使人增加對這位老前輩的崇敬與懷念。

蕭三爺並無顯赫的學歷，亦少驚世的著述，畢生事功，唯在中央社。從「念茲集」中我們可以瞭解，他的成就全在於「別人學不來的用人之道，容人之量。」他知人善任，敢於起用新人，更敢於接受新觀念。他的魔力是「博大寬厚，推誠信賴」。他不僅能包容部屬的過錯，有時且代人受過。「他對部屬信任專一，只講大原則，從不苛責小節；而且十分重視授權，也十分注意分層負責。」這幾乎是那四十九位「老中央社」一致的觀感。

我國第一、二代派駐海外的記者。大部出於中央社，有些位至今屹守崗位，臨老而無改其志。在曾虛白，馬星野兩師主持社務以至現在魏景蒙先生繼任社長，中央社雖難與當年在大陸上的盛況相比，但其人員的水準和工作的精神，始終保持第一流的水準，與蕭先生早年作育人才，建樹風格的奠基工作大有關係。

一切事業無不以得人爲成敗的關鍵，新聞事業尤然。蕭先生的休休有容，知人善任，留下成功的典型。這就是很難學到的「將帥之學」。他主持中央社自二十一年到三十九年，首尾實際不到二十年；而其令人懷慕如此，是值得後之來者深思的。

六十二年十一月二十三日

不着袈裟

人們常說，新聞記者是沒有冠冕的帝王。我卻覺得，新聞記者更像是不穿袈裟的和尚。和尚應該六根清淨，皈依三寶，具有普渡衆生的情懷，而對於紅塵間的生老病死一切苦厄，無不了然胸臆，知其因果。

新聞記者不一定都有這樣的智慧與慈悲，但他以旁觀者的地位，熱心冷眼，識盡悲歡，「波靜海濤三萬里，月明飛錫下天風」這樣的心境，是會有的。世間的榮枯興廢，轉眼滄桑，新聞記者有時雖亦不能忘情，或不能不動情，但他看得要比世人更客觀、更超脫。在人生戲劇中，新聞記者永遠不應戴上冠冕；然而，論其心事，卻常常有未着袈裟的出家人的那一份悲憫蒼涼。

波羅蜜多心經上說，「色不異空，空不異色。色卽是空，空卽是色。受想行識，亦復如此。」這是亦玄奧亦平凡的道理。五蘊皆空、然後方知「諸行無常」、「諸行皆苦」、與「諸法無我」的根源。

卜少夫先生近有文集，以「受想行識」爲題；收輯從民國四十九年至六十年間文章七十七篇，共八一五頁，由新聞天地社出版。這是作者「我行我思」的續集。

作者抗戰時期曾任重慶中央日報採訪主任，此後三十年來一直在新聞界服務。不過因爲他主持的是一家新聞雜誌，與報紙或通訊社的性能皆有不同。他寫的文章乃亦有敍有斷，夾敍夾議，形成一種相當特殊的風格。跳躍生動，「別具一工」。

「受想行識」各文大致以編年爲序。一部份是針對大陸毛共種種內潰而發；一部份評論國內政情，寫政治人物者甚多。

其中如在所謂「文革」動亂初期，對香港共特所說，「打著紅旗鬼混吧」，和六十年所寫的「斥臺奸」，都是擲地有聲的好文章，也顯示作者的戰鬥性格。

國內部份，作者討論了若干至少在當時是極其尖銳的問題或事件；對於若干政治人物，特別是外交界，批評最多。

新聞記者平章時事，與古來的「書生論政」，性質上有所不同。新聞記者最大的難處，即在他雖非局內之人，但並不一定完全不知局內之情。惟其他對於當局者的處境僅僅具有某種程度的

(但絕不是百分之百的)瞭解,深淺之間,最難得其分際。如果不分皂白,無分功過,一路歌功頌德,鄉愿到底,自有負新聞記者的職守;但如督責過切,當事者未必人人都有唾面自乾的雅量,一般讀者或反而會採取保留的,存而不論的態度。

作者建言報國的心事,是應能獲得讀者理解的;作者論事的方法,有些地方,譬如建議某人應該擔任某一工作就更爲適當之類的說法,可能是走得稍遠了一點兒。作者有「立言不免買怨,甚至不免樹敵」的感嘆,「五蘊皆空」之後,必更當有澄明的功果。

六十二年九月二十二日

非小說

英國小說家毛姆曾說，「新聞工作之於文學寫作，好像婚姻一樣，幫助是有幫助，但不宜維持太久。」婚姻生活足以豐富人生的經驗，然而，久而久之，便使人「正常化」而流於平庸。平庸正是文學寫作的大病。

新聞工作是「反平庸」的；因爲不尋常，才會成爲新聞。可是，新聞工作如果作得久了，歷盡滄桑，見怪不怪，便會喪失了對於人間種種的驚奇感。對於一切喜怒哀樂、離合悲歡如果都沒有驚奇感，也便不可能再有好的文學。

然而，把新聞寫作的技巧引入文學創作，是可能的；就某些特殊情況而言，且是十分必要的。卡波第（Truman Capote）的「冷血」即是一例。

「冷血」於一九六六年出版；主要內容是寫一九五九年堪薩斯州農家發生的一樁謀殺案。此書出版後兩週，就成爲當年份十大暢銷書的第一位，紙面本版權與電影版權出售代價之高，都是空前的。我當時曾寫過一篇五千字的介紹，希望能早日看到中譯本的出現。照我個人的看法，這不是一本「偉大」的書；然而，它卻開創了、至少是提高了一種寫作方式的地位，「非小說體小說。」

作者自述，「本書所有資料，除我自己觀察所得外，均爲得自官方紀錄與本人訪問直接與案情有關人士的結果。」他從事這些訪問與調查，費時三年，比他用於寫作的時間更長。這種實地調查的方式用之於寫小說，與福祿貝爾寫「波華荔夫人」之全憑想像，是截然不同的——雖然他們都是從報紙上的犯罪新聞中發掘出來寫作的素材。

「冷血」已由楊月蓀先生譯出，先在「自由談」雜誌連載了兩年半，最近由臺北書評書目社出版了單行本，三一七頁。月蓀是新聞界的新秀，留美後在加州蒙特瑞學院執教。他的譯筆中肯貼切，對話尤爲傳神，爲原作生色不少。

我最早讀卡波第的作品，是短篇「波麗姑娘」。他從十九歲贏得歐亨利短篇小說獎以後，在美國文壇上是一個相當成爲「問題」的作家，各方毀譽不一。但「冷血」爲他所贏得的聲名，足使他躋於「可傳」之林而無愧。

卡波第認爲，新聞文學是當今所有寫作體裁的最先鋒，「是有待開拓的最終的也是最偉大的一塊園地。」此說或未免稍涉誇大，但在此大衆傳播時代，新聞文學能在文學領域中獨樹一幟，「嚴謹而富創造性」，則已無庸置疑。「冷血」這本書不僅值得文學界注意，尤其應得到新聞工作者的重視，那種細密、紮實、而又充滿了懸疑感的描寫，的確值得參酌取法。

六十二年十一月十七日

取法乎上

在有些人看來，翻譯不是一門獨立的學問，而祇能算是一種技術。仔細想想，這樣推演下去，寫作也祇是一種技術。翻譯有時爲人輕視，其實，譯與寫同樣的不容易，在某些特殊的情況下，比寫更難。因爲寫作時作者享有極大的自由，譯者則彷彿撫養前房兒女的晚娘，寬嚴都有不是。

最近讀到這樣一句話，「翻譯的工作如同別人把房間裏的東西翻亂，叫你整理；他不但把東西翻亂，而且還把許多東西藏在秘密地方，叫你去找。甚至沒有的東西也要叫你補出來，有些東西要你丟掉。這樣他才滿意。」眞有深獲我心之感。

這段話來自思果的「翻譯研究」。思果是蔡濯堂先生的筆名，是一位優秀的散文家與翻譯名手，旅居香港多年，爲國內報刊雜誌也寫過不少文章；目前好像是在美國匹茨堡大學。我從來沒有見過他；但由於這本書，覺得他對於翻譯一道眞是下了功夫，當作一門學問去研究的。

「翻譯研究」分二十三章，二六九頁，臺北大地出版社出版；本來像這類探究文法和技巧的書，往往失之道貌岸然，但這本書意趣橫生，可讀性極高，不僅解決了問題，閱讀中亦自有一番喜悅。

我有一個想法，卽外文眞正到了爐火純青境界的人，就不會從事翻譯了，因爲他自己完全沒有需要，也就不大會想到不懂外文或外文讀起來吃力的讀者們。翻譯是一種工作，一種服務。或借用一句話，「撫養他人的兒女，是替天行道」，翻譯亦彷彿近之。

好的翻譯與好的創作同樣難得。思果說「翻譯最重要的工作是思想，」這是一針見血之論。所謂思，應該是一方面能設身處地去體會原作者的心情，予以最妥適的表達；一方面站在完全不解外文的讀者的立場上，儘量作到媒介與橋樑的責任。精神上要忠實，但在遣詞鑄字上卻不容拘泥。

他所立下的戒條七條（後來改爲要點），當然都屬切要，但更好的是後面的舉例和批改。因爲有這些例句的說明，此書才更有資格成爲一本從事翻譯工作的教材。

不過，有些地方我擔心思果的陳義過高，照他的標準，恐怕有許多人要望翻譯而卻步了；事實上，壞的翻譯——包括我自己的在內，滿街都是。翻譯如寫作，也要經過幾番熬鍊，琢之磨之，而後可以成器。「翻譯研究」所指出的是一條取法乎上的途徑。一時縱或作不到，知道方向與目標，並且經人指引出一條途徑，總是有益的事。

六十二年八月四日

金山夜話

「喬志高」是高克毅先生的筆名；他在四十年前在密蘇里大學深造，略後於馬星野師。抗戰時在新聞界服務，以後則在國外的時間居多。我第一次見到高先生，是幾年前在華盛頓新聞總署的「美國之音」。「美國之音」是世界性的廣播系統，高先生是中文部的主管之一。他爲我們講述「美國之音」的作業情形，十分親切。

高先生去歲自「美國之音」退休，應香港中文大學之聘，主持翻譯中心，培育譯事人才，溝通中西文學，並且辦了一本「譯叢」雜誌（Renditions），把當代的中國文學作品介紹給西方人；此外，又在林以亮先生主編的「文林」上，發表了幾篇很有份量的文章，才思綿密，議論風生。

「金山夜話」是高先生一九五一、五二兩年間旅居舊金山時所寫所譯的文集，全書分爲兩輯，一四四頁，最近由純文學社出版。第一輯「支那哥」，選譯外國小說家筆下的中國人，包括史坦貝克、毛姆、魏德門與傑克·倫敦。像史坦貝克那篇「李昌的雜貨店」，取自其「罐頭巷」的第一章。這幾篇東西時代背景都在半個世紀以前。有些涉及中國人的某些弱點，但整體的印象則亦顯示出我們這個古老民族的韌性與生命力；以及對某些價值觀念的執着。那些觀念不一定都是好的，而外國人的觀察也未必就對，但從這些「小說家言」之中可以看出東西文化接觸時最令人容易感受到的不同處。

第二輯是作者「自譯自」，用「灣區華夏」爲題，介乎新聞專欄與小品之間，一共五篇，作者當初的企圖是「用一枝同情的筆來描繪華僑社會的面貌。」而他自己所下的評語是：「一、看到一些霓虹燈的背面，並沒有把中國城寫成傳統式、花花綠綠的觀光勝地。二、訪問了一些小人物，把他們的心情和抱負反映出來，而沒有錦上添花的渲染什麼成功故事。」這幾篇文章都很生動而有情致，很短；我覺得要存心挑眼兒的話，就是份量太少；作者旅美二十餘年，只把這幾篇小品留給大家，未免太吝惜筆墨了。其實，若論見得眞切，第二輯比第一輯要來得高明。瞭解中國人的，畢竟還是中國人自己。

最近一次見到高先生，是在星師所設的小宴上。高先生送他在海外出生、長大的公子回國來研習中國語文。這件事，和「一門耶魯」的楊覺勇博士今夏送他的女兒回來學華語一樣，都說明了中國人的生命力與韌性之所由來。無論天涯海角，中國人總忘不了自己是中國人。

六十二年七月十四日

生活科學叢書

美國時代生活公司以出版雜誌聞名於世，其實，他們出版的叢書與教育資料在英語國家亦頗著盛名，像「生活科學自然叢書」便是其中極受各方稱賞的一種。這套叢書的特色是眞正作到深入淺出，圖文並茂；由第一流的科學家來談科學上一些最基本、最重要的問題，用的是最爲淺顯明白的文字，使中學程度的青年人都能瞭解。我樂於向讀者報告，這本叢書的中譯工作正積極進行中，有兩三種已經出版上市。

六十二年十月十四日

這套叢書由中興大學陳國成教授主編，科學圖書社發行，大中國圖書公司經銷。各册的譯述者，大都是清華、臺大等校的研究生，譯成後再由一位師長核正。每册各二百餘頁，有許多彩色的插圖。承印的與台彩色印刷公司爲了叢書的第一輯（共七種），已投資一百萬元以上。苦學創業的青年陳吉雄弟兄爲這套叢書的出版不僅投下資金，也冒了相當的風險，但他們和陳教授同樣具有信心，認爲這是非常值得作的工作；對於讀書大衆，特別是對於青年朋友們，這是到目前爲止最有系統而又富於啓發性的科學出版物，彩色印刷之精，幾與原版無分軒輊。

第一册「能量」（Energy），原作者是具有科學素養的小說家威爾森（Mitchell Wilson），何峻譯述，楊銀圳教授校閱。全書八章，二〇六頁。美國原子能委員會主席謝堡在序文中說，「能量能夠以各種不同形式，如物體運動的動能、光、熱、化學能、電能，以及令人膽寒的核能等表現出來。」能源可以改善人生，但也可以毀滅世界；人爲了免於浩刼，必須澈底瞭解自己以及所居處的環境；「研究能量的性質，乃是達到這個目的的捷徑。」對於這本書的重要性，這應是最恰當的解釋了。

譬如近來能源恐慌的報導，頗受大家注意；究竟石油是如何開發和利用，電是如何爲人「馴服」的，書中都有生動而平易的解說。

說到此書的觀賞性與可讀性，譬如在「自然中的能量，美妙無窮」那一節裏，有一張全幅的彩色圖片，紅日西下，暮靄蒼茫，文字的說明是：「暮色中的太陽是一個能將物質變成能量的原子熔爐。每秒鐘，它把六五七噸的氫，轉變成六五四噸的氦；失去的三噸物質就全部變成能量，發射到天空中。雖然地球只取得其中的二十億分之一，但這些能量已足使覆蓋在地表的冰溶解一一四呎深。」

這樣的書不僅可以給人一些基本的知識與觀念，同時也能開拓胸襟，擴大眼界，使人在科學的「眞」之外，更能體會到人生之善和宇宙之美，這是有益的書。

六十二年九月十四日

時間之謎

論語上記載，孔子在川上，看到源泉滾滾，就說，「逝者如斯夫，不舍晝夜。」這是一種時間感，孫子論「軍爭」，認爲大軍進退應該「其疾如風，其徐如林。侵掠如火，不動如山。」這是從時間感中體會出來的實用原則。陳子昂「登幽州古臺歌」所謂「前不見古人，後不見來者。念天地之悠悠，獨愴然而涕下。」不僅是文學的感傷，也是哲學的了悟，人與時間的競爭，是註必定了敗的悲劇。「時間」這個觀念，與人生經驗須臾不離；但若窮其究竟，雖上智亦無從洞明底蘊。甚麼是時間？

曾獲諾貝爾物理獎的哥倫比亞大學教授雷比（I. I. Rabi）說，「任何一種文化不可能沒有隱涵的與明確的時間感。」離開時間，人類社會就無所謂秩序，當然更不可能有工業文明。不惑文學上的想像，哲學上的冥思，單就科學領域之內來看，時間也是個重大問題。

科學圖書社印行的「生活自然科學叢書」，第二册就是「時間」（Time）。兩位原著者一是洛克斐勒大學客座教授古德斯密特（Samuel A. Goudsmit）；一是原來學化學而改業新聞的柯里鮑尼（Robert Claiborne）。中文本由陳湓年譯述，陳國成教授校閱。全書分八章，二〇四頁；有很豐富精美的插圖，譬如用圖片來表達「生命的特殊韻律」和「生物鐘」，眞是旣美又妙。

此書首先說明時間的迷離本質，並強調，「所有的動物都在時間之中生存；受時間的改造；但只有人類才能利用它。」人類能把過去和未來當作現在行動指引的能力，這就是人爲萬物靈長的最大原因。

從年、月、日等的設定，加以書寫與紀錄的保存，曆法將人類活動和季節的變遷密切配合，並使天南地北的千千萬萬人互相協調。在有了時鐘之後，以分秒爲單位來計時，「可使更複雜的社會有更密切統一的步調。」現在，人間已經有可測量十億分之一秒或兆分之一秒的鐘。人類對時間的控制能精確到這種地步，登陸月球之類的壯舉始有可能。

然後討論「年的劃分」、「滴答計時」、「秒的片斷」、「決定『很久以前』的源頭」，以至於「愛因斯坦的革命」——這一章裏擧的例子「相對論爆炸陰謀」，彷彿一套連環圖畫。

最後一章「人對鐘」，則超越乎科學之上。死亡，並不能終止一個人對時間的抗爭。「因爲人人都在追尋不朽的表徵——在肉體內，將他的遺傳基因傳於子嗣；在歷史的長流中，他的成就溝通了新生的一代；或是在靈魂裏，經由宗敎上永生的允諾而不朽——這些都是使人們突破時間的掌握。」讀此書令人沈靜而深思，更遠在科學所能解說的天地之外。

六十二年九月十五日

致被放逐者

向太陽挑戰

在科學技術日新月異，政治經濟瞬息萬變的情況之下，人類面臨著空前未有的考驗與衝擊，原有的秩序、傳統，與價值標準，往往不足以因應現實的人生，如何適應、調整、迎接重重挑戰，是每個人都無法廻避的問題，青少年內心的徬徨苦悶，幾乎是舉世皆然。某些把持不定的青少年因而淪爲「不良」，毋寧正是必然會發生的病象。

然而，我們絕不能因此就對人性失去信心。不良有不良的背景，在陰影之下，仍然有奮鬪掙扎、逆流而上的決心。

近讀日本青年企業家系山英太郎「向太陽挑戰」，深有所感。此書由余阿勳兄譯爲中文，分九章一八四頁，新理想社出版。

糸山其人可算現代社會中不良少年的典型。父親是富商佐佐木眞太郎，母親是沒有名份的外室。所以他自幼就有強烈的自卑感，加以少時體弱多病，在女子小學寄讀，數度轉學，到處受人的奚落與羞辱，爲了自衞與自尊，使他走上了好勇鬭狠，睚眦必報的一途。結夥羣毆，儼然一霸，以至在讀初中時就有四次被警察逮捕的紀錄，聲名狼藉，幾乎沒有一家學校敢收留他。

糸山在放蕩生涯中，父子之間恩義斷絕，甚至於偸偸販賣春宮維生，經歷了無數人情所難堪的折磨。最後在慈母和妹妹的鼓勵之下，漸漸幡然悔悟，應徵汽車推銷員，老闆卻派他去刷洗舊車，「由於洗車而熟悉了各種車輛的性能，好像每一部車與我都發生了感情。」然後再作推銷工作，一年內賣出七十七輛車，創下全日本個人推銷二手汽車的最高紀錄。苦沒有白吃。

然後，他又到父親佐佐木經營的公司去，被派作高爾夫球場的球僮，月薪二千元，佐佐木是戰後日本第一個經營高爾夫球場而成功的人。佐佐木待兒子極爲嚴峻，但卻充滿了愛心，他雖終日工作繁重，仍每天給兒子寫一封信，教以處世作人的道理，勉勵他「靠志趣去工作」。

糸山今年才三十二歲，他從球僮開始，十一年間擁有三百六十餘處高爾夫球場，分佈在十八個不同的地區，一九七一年八月十四日到次年三月十日，一百八十八天之間，糸山因從事中山鍊鋼公司的股票生意獲得大勝而名震一時，對方是日本有名的富豪近藤信男。在那次商戰中損失了日幣六十億元，糸山當時還是未滿三十歲的無名青年。

自稱「怪物」的系山，雖然過了二十年荒唐歲月，一旦覺悟，馬上就能重新作人，發財不一定就證明他是好人，然而，他的見解與態度值得重視。他認爲「克服自卑感的那一天，也就是我人生眞正開始的一天。」他鼓勵靑年朋友：「與其浪費不必要的精力和時間，不如勇敢去面對現實，」作別人無法辦到的事，勇往直前，「向太陽挑戰」。

六十三年一月十九日

消費者的陷阱

近來由於物價不穩，一般人的日常生活受到相當影響，保護消費者的呼聲日益強烈。不過，談到保護消費者，首先是要靠消費者自己發揮力量；在一個自由開放的社會中，政府的法令，工商界的仁慈，都未必能眞正使得漫無組織的升斗小民得到公平交易的保障——消費者必須瞭解自己眞正需要與利益所在，並且要有堅持原則的毅力。

甚麼原則呢？就是不可任性去亂買東西，尤其是在物價不甚平穩的時候。「以儉制價」的道理大家都曉得，節約在今天的現實生活中的社會意義與道德意義，更是盡人皆知。現在我可以介紹一本書，來說明某些商品的生產者與銷售者如何佈置了陷阱，讓消費者心甘情願地往下跳。

此書原作者派卡德（Vance Packard）是美國當代一位引起爭議甚多的作者，此人似乎應歸爲帶有諷刺性的社會批評家。他寫過好幾本以剖析美國社會和美國人心向行爲的書，都能風行一時。有一本 The Hidden Persuaders，從字面上看，可譯爲「隱藏的說服者」；楊軍先生將它譯爲中文，書名改作「消費者的陷阱」，亦甚切題。中譯本由三山出版社出版，十四章，一九二頁，原著出版已在十多年前，內容著重揭露美國企業界利用各類學者專家的智慧，來刺激社會公衆的購買欲望——這些人包括心理學家、精神分析學者、傳播學家、社會學家，以及色彩專家、文學家、藝術家。他們的集體智慧，成爲企業界推銷商品的利器，他們掌握了人們潛意識中的不安、焦慮、痛苦、需要、欲望，來製造影像，使個別的消費者一一盡入彀中而不自覺，一位化粧品巨子說：「我們不是賣唇膏，而是收買顧客。」靠甚麼？廣告。那家唇膏的產製成本中，每一百元有六十六元是花在廣告費上。

楊軍在政治大學新聞研究所讀書時，以「廣告心理」的研究，作他的論文重點，由劉會梁先生指導：此書是在寫論文時爲搜集資料而譯。會梁兄與我在美兩度同學，他在伊利諾大學卽專攻廣告學。伊大的廣告研究所在美國是第一流的。會梁兄治學謹嚴，成績斐然。回國以來，在大學講授有關課程，並且是華商廣告公司主要負責人之一。學理與實務兼長，在他鼓勵指導之下，楊軍譯出這本書來，實非偶然。

讀此書後，使身爲消費者的我們可以明瞭，我們日常的購買行爲，十之七八是非理性的。派卡德文筆冷雋，取材廣博，他所舉的實例雖然都是發生在美國，但有許多很有趣的情況，在我們這兒也同樣發生。說來也不是怎麼很有趣——大部份的例證都顯示出消費者是多麼容易受愚，高高興興跳下陷阱，花錢。

這本書可以使消費大衆理性化——這是「以儉制價」的理論基礎。

六十三年二月十五日

大系之後

「中國現代文學大系」出版到現在，已經快兩年了。在剛剛上市的時候，各方反應頗有異同。譬如說，現代文學究竟明確的界說是甚麼，「大系」與選集究竟有甚麼不同，等等。當然，在作家的取捨之間，無法作到網羅週全，難免會有滄海遺珠之嘆；甚至於已入選的作者，也有人覺得收進來的並非他的代表作。幸好這都只是少數情況。一般說來，這一套大系仍有它的意義。

這套書的出版，有一個九人編輯委員會。但實際負起執行責任的大概只有三四位；奔走其間全力促成其事的，是年輕的詩人梅新。出版者巨人出版社，主持的人也是剛離開大學未久的青年朋友，所以這部大系也表現著年輕人的衝勁。

我所看到的大系共八册；短篇小說佔其四，散文與詩各佔兩册。事後的調查顯示，以散文的銷路最好。

有朋友說，「大系」這個名詞用得欠考慮；因爲，除了前面有作者簡歷（其中有些不太正確）之外，似乎仍是選集。我猜想，主編人或者當初是想求其新穎，並無他意。截斷起迄的時間太長，這確是一個重大的困難；從民國三十九年到五十九年。因爲時間長，可選擇者多，漏掉的一定也不少。如果這工作是從三十九年就開始準備，隨時隨地搜集材料，成果一定會更好，但那只是「事後的先見之明」。到了五十九年作回顧式的整理，原始資料已經難求齊備，因而使代表性只能達到某種程度，這毋寧是意料之中的事。用了「中國現代文學」這樣「全稱」的題目，就不能不格外注意到全面性。由於我自己是入選的作者之一，更適宜作這樣的建議。

一個從事寫作的人，必有其主觀的愛憎，寫作的時候，這是一種資產；到了編輯選集之類的東西時，可能反而成爲一種負債。因此想到，編委會中如能在作家之外邀請到有經驗的編輯人在內，也許可能更爲融和而圓滿。

但是，我不同意某些朋友認爲這本書一無可取的說法。我覺得，以一個初創的民間出版機構，能夠投下如許力氣，來作這種整理與出版的工作，總是值得鼓勵的。大系也好，選集也好，古今中外這一類性質的書能夠作到毫無「褒貶」者絕少。何況二十年作一次，以有限的人力物力，有缺點亦是不容諱言之事。但作了無論如何總比不作好些。年輕人更不宜有「不作不錯」

的想法。如果能夠再接再厲每兩三年甚至每一年出一套，都是應該的。有了這一套的經驗，逐步改進，將來一定會作得更好。

六十二年十一月二十四日

龍吟

我有這樣一個偏見：每一個人在他的一生之中，至少有一段時間，是渴望去接近詩，甚至有寫詩的衝動。但千百萬人中才能有一個詩人，詩人之偉大，是因爲他能說出別的人心有所感而口不能言的情意。詩，是語文情思的精華，而詩人是人間的瓌寶。

從這個觀點看我們這一代的詩，不能說沒有問題；而且問題已經相當之嚴重。

夜來讀到剛出版的「龍族評論專號」，以三五四頁的篇幅全部討論中國現代詩問題，主要內容在評論、訪問、與書簡等三部份。執筆的人有詩人、評論家、小說家、音樂家、畫家、研究文學並在學校裏敎文學課程的敎師，還有許多愛詩的青年人。概括地說，是關心詩運的知識份子。他們以嚴肅的態度，作誠懇的評論；有些話某些詩人或未必都同意，但是，我相信這本專號將可以促進詩人的自覺，對於詩的發展有其積極的貢獻。

如關傑明所說，「新詩裏已不再有屬於廣大民衆的傳統文化。所剩下的只是：極端的逃避現實……大量抄襲，模仿西方詩的習慣、風格和技巧。」又指出某些詩的另一特徵：「就是讀者不能用常識去體會出這首詩到底在說些什麼。」豈止不能用常識去體會，就是關先生這樣在劍橋得了文學博士的專家，也還是莫名其「妙」，何況我輩不詩之人？

余光中是詩人，但他也痛切感到，「今天的知識份子普遍關切民族的大問題，獨獨詩人（至少在作品中）令人有置身局外之感。現代詩之遭受冷落，寧非必然？」

豈止冷落而已，某些現代詩更引起嘲笑與憤怒。專號中有若干例子，對有勇氣讀現代詩的讀者來說，眞有「拍案驚奇」之感。此處不必列舉。

主編者高上秦學弟以將近一年的時光完成專號的編輯工作。五十篇評論之外，九十六篇訪問大部由他主持進行。他是個愛詩如命的青年，他說，編這本專號，不知要得罪多少寫詩的朋友。但他的動機是：「撕下紙幕，讓我們聽聽廣大讀者們的意見，也讓我們看清楚你我眞實的臉。」訪問的結果也很值得重視。

一個民族、一個時代，不能沒有詩，我和大多數關心詩運的讀者一樣，對於中國詩的發展與茁壯，毋寧是馨香禱祝的。然而，讀今人之詩往往是一種痛苦的經驗；某些詩人一方面把詩形於爲神聖不可方物，一方面他自己又把詩任意作踐，不如糞土，「龍族評論專號」可能會引起論戰，爲詩而言，這應是一種健康的發展。希望詩人們勿存門戶戈矛之見，能在各方的期待之下痛切自省，把握方向，發爲新聲。

六十二年八月三日

找書

讀書與買書，都是人生樂事。有時爲了找一本書，「上窮碧落下黃泉」，忽然找到了，也是不勝之喜。

我和二姨分手，已經三十年了。大陸淪陷的前夕，姨父母到過臺北和香港，後來定居海外。去年看到國內的報紙，才和我取得聯繫。二姨是我在鐵幕之外最親的長輩；每來信提到我童年舊事，使我有恍然猶昨之感。

二姨最近一封信上說，聽說臺灣種蘑菇的事業十分興盛，她想要找幾本這方面的書參考參考。居處或可試種，聊作日常的消遣。

臺灣的洋菇每年出口三五千萬美元，是一種非常發達的新興事業，我平日雖然從未留意及此，但相信這類書籍一定不少。

可是，打聽了幾家書店，都無結果。最後想到專以服務農友為對象的「豐年」雜誌社；打電話去請教，有位小姐告訴我，「我們連載過有關的文章。後來出了單行本，現在只剩下一兩本了。」我馬上跑去買，得到了最後的一本，是「非賣品」，不要錢的。

這本三十六頁的小册題目很長：「密閉式塑膠菇舍，洋菇綜合栽培法」，何銘樞先生著，由臺灣省農林廳和省農會編印出版，何先生想必是一位栽培洋菇的權威；因為我後來查出來他還寫過一本「洋菇栽培理論與實際」，可惜市面上目前買不到了。

由於這本書，引發我很多感想：

第一、政府首長推動農村建設，增加財富；在一般人印象中，農友只是「日出而作，日入而息」，鋤禾日當午，汗滴禾下土，靠了勤勞來增產。其實，現代農業更需要新的科學知識。像這本書裏所講洋菇生育的條件，菇舍的調製，堆肥的構造，築床，後醱酵，下種，覆土，管理，和病蟲害防治等等，都要有相當農學知識的基礎，才能理解與應用。臺灣菇農為數不少，洋菇大量外銷，不僅是靠了農友們的勤奮經營，更由於他們具備科學知識與方法。憑小小洋菇上能賺進幾千萬外滙，不是易事。

第二、相形之下，住在都市裏的我輩讀書人，便顯得太落伍。對於許多與國計民生有密切關係的生產知識，竟茫然不曉。這也可以作爲「建教脫節」的一個註脚。

第三、任何一件事，眞正作得有成績，就不怕沒有人知道。臺灣洋菇名傳海外，也和我們的小人兒打棒球一樣，總是値得欣慰的事。有東西拿得出去，實至名歸，這就是最好的宣傳。「不患人之不已知」，要患自已沒有「出人頭地」的成就。所以，要強調「君子務本」的精神。

六十二年十月五日

出版家雜誌

我常常接到讀者們的來信，問起某一本書在甚麼地方可以買到：有人甚至於要問那本書訂價若干，出版者的地址和郵政劃撥賬戶的號頭。這類信件使我十分為難。不回則有違「人生以服務為目的」的宗旨，但如一一回來，我就只能光服這一個「務」，別的事都不能作了。

所以，我建議愛讀書的朋友們，一要養成常常進圖書館和逛書店的習慣——這兩樣雖然都不需買門票，有時你會發現也蠻「破費」的；一是注意報紙雜誌上的書刊評介與廣告。

市面上看得到以介紹圖書為主的期刊有好幾種，如學生書局出版的「書目季刊」，較偏重古典學術著作；「書評書目月刊」，近期書評重於書目。至於完全以書目為主要內容的，要算「出版家雜誌」。

書目（Bibliography）之重要，等於一個人有國民身分證，上面所列的是有關一本書的最基本的資料，像前述讀者所問的問題，憑書目就可以回答。

「出版家雜誌」是由一羣熱心的青年人辦的小型雜誌，每期約四十頁，定價甚廉。暫定每月兩期。內容則包括各種新書介紹，即將出版的新書預告，和最新創刊的期刊發行資料。

新書介紹分按總類、哲學、宗教、自然科學、應用科學、社會科學、史地、語文、美術等類。在每一本書的下面，列出書名、作者（或譯者、編者）、出版人、出版地、郵撥賬號、版本、頁數、售價和內容簡介等。前面並按「中國圖書分類號」與作者姓名的四角號碼，編成書號。大體上符合圖書館學上有關書目的規定。

這本雜誌出刊以來，在大中學校間相當流行。其主要的用途就在提供有關圖書出版的新消息，讀者要買新書，可以按圖索驥。他們作得不夠理想的是，內容介紹尚欠完備。據主辦人說，這是由於有些出版機構沒有能充份認識書目的效用，因而尚未予密切合作，同學們搜集資料不無困難。

其實，像美國的「出版家週刊」（Publishers Weekly），不僅是一般愛書之士經常查閱，各圖書館與經營圖書出版的人尤不能不讀。這類反映全盤近貌的期刊，對於促進圖書出版事業的發展，是可以有積極作用的。

六十二年八月二十五日

爲出版界呼籲

新春以來，大家都把物價當作話題。有一件事很重要，但似乎至今尚未引起各方普遍重視，那便是紙張的供應問題。紙價不僅漲得不像話，而且一度有行無市。圖書、雜誌界的朋友們，惶惶不可終日，大家都爲紙發愁。高年的王雲五先生在報端刊佈廣告，說明商務印書館暫時不印新書，把現有的書籍賣完再說。老招牌的商務如此，其他業者所遭遇的困難可知。好幾種很夠水準的雜誌不得不停刊，連帶印刷業、裝訂業、分銷業也同受影響，更嚴重的是，許多有價值的學術著作爲出版家謝絕，許多作家新的寫作計劃也因而擱置。這種情形值得注意。

「三三草」上曾於一月初以「扣緊敵情談文化」爲題，談到如何把文化工作推展到海外。僑務委員會毛松年委員長，曾約集文化出版界的朋友們舉行了一次座談。會中有幾位先生慨乎言之，「如果紙張問題不能解決，且不要說海外，連海內的文化也不得了。」那次座談收穫很多，紙張供應是臨時談到的題外之言。可是，在一個多月以後的今天來看，高呼「不得了」之說，並非過甚其詞。

圖書、報紙、雜誌，是當前文化工作中的主力。在我們的社會中，出版界所享的好處是可以自由發展，缺點是散漫無歸，單打獨鬪居多，交響樂者蓋寡。而且，有自由就有競爭，競爭的結果在理論上應是優勝劣敗，適者生存。但生存下來的究竟是甚麼樣的「適者」，就值得推敲。

有人說，純消閒的讀物，由於市場較大，可以「水漲船高」，不會受到多少影響。另外一種是靠人情帽子強銷的，訂價高而印份少，盈虧不受市場法則的拘束，也就有恃無恐。爲難的是一般以嚴肅的態度，印行正正經經的書刊，憑貨眞價實，薄利多銷而生存的出版家。如果在紙價不正常的狀況下，放任市場銷路與價格，可能形成一種反淘汰；越是社會需要的讀物，越是難以立足。

國內出版品的數字，表面上看起來相當可觀，究其實際，教科書與配合升學需要的參考書佔絕大比重。由民間出版的圖書雜誌需要紙張的爲數其實有限，有關機關如果能予以輔助，甚至用配給的方法，使能維持生產，所花的力氣也許只是小麥黃豆平價的百分之一二，但其意義之大，影響之深，絕非數字所能表達得出來的。出版物畢竟是人的「精神食糧」。精神缺糧，照樣嚴重。

出版界自身缺乏嚴密的組織，業者之間水準又不一致，實亦應加改進。中小企業常常說融資困難，發展不易。有位出版業人士說，「我們連小企業也算不上。」這句話我不甚瞭解，果若屬實，那眞是自由社會中一個相當奇怪的問題。

六十二年二月二十三日

一個矛盾

從十二月一日至七日，是由中國圖書館學會策劃的「圖書館週」。該學會並舉行了第二十一屆年會，討論了許多問題。

圖書館的重要性，我不想多談；從民國五十三年回國以來，我一直以圖書館界以外「游擊部隊」的姿態，爲圖書館運動的發展而略盡吹揚之力，關於這方面的意見，大都已收入「知識的水庫」一書中。我對圖書館的認識便是：好的圖書館應該是知識的水庫與學術的銀行，不僅能蓄積庋藏的作用，更要能盡到調節與支援的積極功效。

在一個進步的國家，視圖書館與學校、報館、醫院、教堂一樣地不可或缺，是社會文化水準的指標。相形之下，我們在這方面實在落後。尤其當我們正處於從農業社會進入工商社會的轉型期中，圖書館的教育功能更爲重要，值得努力倡導推動。

教育界對於圖書館的重要性，已有充份的瞭解。試看在各大專院校中，設有圖書館學科系的，已有臺灣大學、師範大學、世界新聞專科學校、淡江文理學院、和輔仁大學。六十三年六月，這五所學校將有二百五十個應屆畢業生。

國內圖書館對人才的需要相當迫切。單以各高級中學圖書館而言，就需要九百四十位受過專業教育的圖書館學系的學生。較高級人才則更缺乏，臺南善化的亞洲蔬菜研究中心，要聘請一位兼有圖書館學與植物學背景的人，管理中外圖書資料，月薪可以出到一萬六千元，據說至今仍在「事求人」。

很矛盾的是，大專圖書館科系畢業生，即使樂於到外縣市服務，仍有若干阻隔。一來是他們必須先通過高等文官考試，才可以取得「任用資格」。再則是即令考試及格，各公立圖書館乃至各中學裏，只能委以「幹事」的名義；幹事不僅聽起來不及教師，待遇也有相當差別，昇遷之路更是狹窄。青年人之不肯或不能向下紮根，不能完全歸咎於他們留連都市生活，或者缺乏爲地方服務的熱忱。

這個問題當然不只限於圖書館學系；而關涉到整個考試制度和人事政策。這個問題如果不能通盤檢討，國家造就出來的人才便只好所學非所用，甚至於「楚材晉用」，外流去也。算起來總是國家的損失。而在國內最需要他們的地方，卻又無法派上用場。我們用於圖書館事業的財力物力本已有限，人才亦甚感不足。有了人又不得進身之階；這樣的問題是鑽研編目、分類和書目學之後，也無能爲力的。如何打開這個結？不能不仰望政府負責的先生們留意。

六十二年十二月十三日

卡奈基的先例

謝東閔先生在中國圖書館學會第廿一屆年會上呼籲國內工商界・踴躍輸將，支持圖書館事業的發展。以近年我國經濟成長之迅速，工商企業之發達，這一呼籲照理說當可引起熱烈的——至少是若干具體的反響。

成功的企業界，以他私人的財富來支持圖書館事業的發展，中外不乏先例。近世最有名的則是美國鋼鐵大王卡奈基（Andrew Carnegie）。此人於一八三五年出生於英國蘇格蘭；移民美國後以經營鋼鐵工業致富，十九世紀後期鐵路的擴展與機械工業的發達，使他的事業猶如一個王國。卡奈基對於平民教育甚為關心，尤其對圖書館的發展，支持最力。從一八九〇年到一九一九年他逝世之時為止，以他個人名義捐建的圖書館，共有一千六百七十七所之多。在二十世紀初葉的美國，三四萬人口而沒有公共圖書館的城鎮，總共也不到兩千處左右。換言之，由於卡奈基的捐獻，使得全美國原來沒有圖書館的城鎮都有了圖書館。據估計，這一千六百七十七所的圖書館服務的人口共達三千五百萬人。美國人口局統計，一九二〇年國民總數是一〇五、七一〇、六二〇人；卡奈基一人所捐建的各圖書館，使全美三分之一的人民都有了圖書館可以利用。對於美國國民知識水準的普及，品格的陶冶，乃至整個國力的提高，都有重大的貢獻。而卡奈基本人亦由於如此慷慨解囊，而能以「慈善家」名垂青史，至今爲人懷念。

卡奈基是企業家，如果他的算盤不精，他不會有那樣驚人的成就，他捐錢出來是有條件的；接受捐贈的城鎮社區，自身亦須提供相對的支援：

第一、卡奈基的捐款，嚴限用途，只能用於興建圖書館的房舍，至於所需的土地，要由當地政府、民意機構，或地方人士提供。

第二、當地並且要保證，能另行募集相當於卡奈基捐建圖書館預算的百分之十，作爲圖書館落成之後的經營費用。

第一個條件，保證了卡奈基捐建的圖書館，都是受到地方人士「一致歡迎」的。第二個條件，保證了這些新館一旦落成，馬上可以開始服務，絕不會發生像我們某縣教師會館落成後，因爲沒人管而擱置不用的矛盾情形。

日前王永慶先生承擔六億元經費，建立一座現代化的體育館。企業界「取之於社會，用之於社會」已經由倡導而進入實行的階段。與建圖書館的意義決不下於體育館，很希望企業界聞風興起，不讓卡奈基專美於前。

六十二年十二月十四日

三個B

西方人論現代圖書館的建立，以三個B為基本條件：

第一個B就是「書」（Books）；圖書館以供人借閱圖書為主，實則更包括報紙、雜誌、期刊、圖畫、唱片，當然，私人購置不易的參考書或大部頭的、珍貴的書籍，尤不可少。

第二個B就是「人才」，所謂頭腦（Brains）。沒有書固然不成其為圖書館，徒然有書而沒有受過專業訓練、熱心服務的人才，也不能發揮多少效用。

第三個B就是圖書館的「館舍」（Buildings）。沒有房間擺書供人閱覽，當然也辦不起圖書館來。據西方學者的研究，地方性的公共圖書館，房舍固應求其堅固寬敞，但更重要的是地址必須在交通最便達的地區，如此方能便於公衆常常到館裏來。這是經過多年統計分析而來的經驗之言，值得我們參考。

當然，支持這三個B的，便是拿破崙評論用兵致勝的秘訣，第一是錢，第二是錢，第三還是錢。

天下有許多事，有錢未必就能辦得好，甚至未必就能辦得成。但是，以我們現在的社會條件和需要而言，圖書館事業的發展，有了相當經費一定能收「立竿見影」之功。

以三個B的條件來衡量，誠然皆有不足，但並不是毫無辦法。三B之中最難的是人才，而我們現在設有圖書館學科系的大專院校，已有五所之多；聽說南部的成功大學也有增設圖書館學系的計劃。如何使這些人能夠適才適所，把「人」與「事」密切聯繫起來，政府應負最大的責任，青年們自己也要下決心。

圖書與房舍的問題，說來說去無非仍是錢。向工商企業界「化緣」，一次則可，經常性則不可。這要有通盤的計劃，拿得出具體、切實、週詳的計劃來，肯出錢者未必無人。

我在二十年前一次環島旅行途中，因颱風阻於臺東。有一天在臺東縣立圖書館坐了好幾個小時，我覺得那兒窗明几淨，氣象甚佳。在臺灣全島，臺東也許是最為落後的一縣，但比起大陸上若干縣份根本沒有圖書館者，強之多多。可惜二十年來，我們在各方面進步甚多，惟獨對於各地圖書館似太不注意。就復興文化與「向下紮根」而言，圖書館應是很值得加強培植的着力之點。

我們的圖書館有些甚麼問題？需要些甚麼支援？中國圖書館學會歷屆年會通過了若干議案。其中有些議案已經翻來覆去說過多次，有些事似亦並非有錢才能辦。地方政府主管應該結合當地人士力量，主動地採擇施行。

六十二年十二月十五日

迦陵談詩與談詞

由於世界詩人大會開幕在卽，令人想到我國詩作與外人接觸之少。目前臺北市面找得到的，如殷張蘭熙女士的「葉落集」，是用英文寫的。余光中的「冷戰年代」，是他自己英譯的選集。鍾鼎文亦有選集。榮之穎女士和葉珊都曾爲國內新詩人譯過作品，單行本在國外出版。外國人譯中國詩，取自唐宋名家居多，很少涉及近人。偶而看到所謂「現代中國」詩選，則又往往是「紙船明火向天燒」之類又紅又毛的「紅毛牌」。

中國人用中國文字討論中國詩的專書，質精而量豐。我常有這樣的偏見，這一代「論詩」的作品似乎反而比「詩」來得精彩。煌煌專著，錦繡篇章，如鄭騫、戴君仁諸先生之作。潘琦君女士的論述等，不待列舉，此處介紹葉嘉瑩女士的兩本小書。

一是「迦陵談詩」，三二六頁，分上下兩册，三民書局出版。收論文十二篇，主要討論的是中國詩體的演變，漢代的古詩十九首，陶淵明、杜甫、李義山、「人間詞話」與詩歌欣賞。她所評介的惟一當代詩人，是隱於市廛的周夢蝶先生。

另一本「迦陵談詞」，二五一頁，純文學社出版，收論文六篇，包括溫、韋、馮、李四家詞的風格，大晏詞的欣賞，夢窗詞的現代觀，「人間詞話」的三種境界，和靜安詞中的浣溪沙等。以小觀大，雖是評一人一作，而往往見出作者完整一貫的文學觀。其有助於後學與外行者也正在此。

中國文學歷數千年的發展，代有才人，各領風騷。迦陵所談當然只是按她個人欣賞領會之所在，擇其精要加以探討；各篇自成段落，但隱然自有體系。她從事這一工作，有其優越的條件：

第一、她在國內外講授中國舊詩，已三十餘年。對中國古典文學所下「成本大套」的功夫，似爲先研究西洋文學再「回歸」到古典文學的朋友們所不及。

第二、葉女士自謙謂，對西方文學批評理論所知不多；然而她胸襟豁達，勇於吸收，既不厚古薄今，亦不拘泥成見，因能觸類旁通，別生新意。譬如舉李義山的詩與卡夫卡的小說並論，較量異同，說他們都是「以其本然所禀賦的一種逈異於常人的心靈取勝。」「都極善於把眞實生活之體驗，揉入其自己充滿夢魘的心靈之幻想中。」這種論斷與了悟，可能是大多數傳統詩人難以達到的。

第三、兩書的文字皆簡鍊純淨而饒富情致。尤其她希望爲「新舊之間破除隔閡」的態度，摒除所謂門戶戈矛之見，更有深獲我心之感。

六十二年十一月十一日

中研院的結構

中央研究院於七月十五日在臺北舉行第十屆院士會議。當日經四次投票，在十六位院士候選人中選出八人，數理組沈申甫、竇祖烈、林同棪；生物組曹安邦、艾世勛；人文組屈萬里、張琨、費景漢。其中最年輕者是曹安邦院士，四十三歲；最年長者也是八位中唯一由國內選出者，是屈萬里院士，六十六歲。

由於中研院為全國學術研究最高機關，其選舉結果自為國內外所矚目。此次國內外當選人數懸殊過甚，民間議論頗多。十七日本報黑白集曾以「外強中乾」為題，對此有所諷諫。

按中研院原有院士六十九人，國內十七人，旅居國外者四十九人，此次回國參加會議者十四人，故參加投票者共計[illegible]不及六十九人之半數。就中研院的「結構」而言，大[illegible]外重，至爲顯然，考諸世界各國「學術研究最高機關」，對其旅居國外的學人倚畀如此之深切者，恐未之前見。

本來，學術上的成就，有其客觀的標準，非可以學術以外的因素自爲高下，此乃不易之論，然而，中研院作爲一個領導推動國家學術研究的機關，並非僅對某些個人的卓越成就予以承認，授予榮譽，就算了事；如果有七分之五的院士常年不能回國，則領導推動之責由誰負起？學術研究又如何可以在國內生根？

在此次院士選擧之後，聽到有人說，「如果當年哥倫布沒有發現新大陸，我們這個號稱五千年文明古國將無學術可言。」此雖茶餘酒後之戲言，但多少亦可反映國內知識界之心情。

投票選擧的人沒有錯，因爲他們是嚴格地依照學術標準去抉擇；當選的人更沒有錯，因爲他們是憑學術造詣而膺選。錯在中研院的結構與其本身所負的任務，不相符合。補濟之道，恐須在中研院以外求之。黑白集建議，今後對於不能回國的學人，宜多選爲名譽院士，藉以提高國內院士名額，逐漸轉移重心，似可供當局考慮採擇。

近年國內青年在完成大專教育之後，每每以出國深造爲第一志願；出國之後又多棲遲不歸，形成人才外流。時論頗以爲病，政府與學術界正逐漸予以匡救。此次中研院選擧的結果，不僅使國內埋首苦幹作學問的人（其中也有很多是在國外深造歸來的），平添惘惘之感，就是對一般青年人恐怕也形成一種強烈的暗示。

日前在金山開會，曾聽到陳錫恩博士的演說，「古今中外，任何一個國家的教育，皆不能不爲其國家目標服務。」教育如此，學術何獨不然。中研院應超然乎現實政治之外，但中研院亦不能與國家目標脫節。

六十一年七月二十九日

台大人與十字架

託爾斯泰有一句話，我覺得十分喜歡；他說，「每個人都應該背起他的十字架。我的，是壞的．思想的，充滿了誘惑。」

臺灣大學的大學新聞社出了一本選集，定名爲「臺大人的十字架」，選錄了該報六年來具有代表性的文章五十七篇，二四〇頁，序文中說：「臺大人的十字架是關心、同情、奮起。」很能反映年輕一代知識份子的心情。

每年大學聯考，有千千萬萬學生以臺灣大學爲第一志願。社會各方對臺大也寄以殷切的期望，視之爲冠冕羣倫，影響士風的所在。臺大同學們有一副現代化的對聯。

今天臺大人以臺大自負；

明天臺大以臺大人爲榮。

「十字架」令人看了有一種沈重感；但是「臺大人」這個名詞，卻未見其大。甚或有胸襟氣象不夠開闊之感。也許這是我的過分求全。

我不是「臺大人」，但我曾在臺大敎過書，有一個孩子目前正在臺大求學。從我敎書的經驗中，覺得臺大同學基礎較好，尤其就語文和一般知識而論，平均水準高於其它學校；這是拜聯考制度之賜，他們能兼收並蓄，肯主動硏究，勇於發問質疑，這些氣質的培養與臺大的校風有關。

中國的讀書人，以一書院一學派而自負，而爲榮，是古已有之的事；但是，其更高遠的目標與抱負，是服務人羣、社會、國家、乃至於「平天下」，由此一角度來觀察，「臺大人」應該只是一個階段，而不是一個目標。

最近讀到報上有關臺大日籍敎授高坂知武先生退休前的談話，高坂在臺灣住了四十年，從光復前的臺北帝大到今天的臺大，他一直在農業機械系執敎。報上說，「高坂很惋惜地指出，到目前爲止，臺大的農機敎授仍只有他一人。」他多年來培育的學生，「大部份都留在美國。」

高坂認爲，臺灣農業機械化，最主要的是發展適合臺灣畸零地形的農機，而適合臺灣地形的農機，是要本國專家與農民合作之下才能完成，「國外機械的輸入不是根本之道。」

這不僅是農機系的問題，也不僅是臺大一個學校的問題，毋寧說這是這一代許許多多知識份子所面臨的共同苦惱。但[illegible]因爲臺大是最好的高等學府之一，臺大出國深造的人數最多，這個問題也就最値得「臺大人」深思。

關心、同情、奮起之後，還要繼之以切切實實地埋頭苦幹，這才是「十字架」的精神。「臺大人」要以能福國淑世而自負，讓全中國人都以「臺大人」的貢獻爲榮，豈不更好？

六十二年七月二十一日

大人[illegible]

[illegible]

[illegible]

六十三年九月二十一日

三民文庫已刊行書目　(五)

161.	水仙的獨白	胡品清著	散文
162.	希臘哲學史	李震著	哲學
163.	靈臺書簡	劉紹銘著	書簡
164.	春天是你們的	鍾梅音著	散文
165.	談文學	鄭騫等著	文學
166.	水仙辭	張秀亞著	散文
167.	德國文學散論	李魁賢著	新詩
168.	中國史學名著①②	錢穆著	歷史
169.	管艇書室學術論叢	顧翊群著	學術
170.	鐘	水晶著	散文
171.	旗有風集	漢客著	散文
172.	讀書與行路	彭歌著	散文
173.	南海遊踪	施翠峰著	遊記
174.	閑話閑話	洪炎秋著	文學
175.	迎頭趕上	陳立夫著	論文
176.	愛情力量及正義	王秀谷譯	哲學
177.	青年與學問	唐君毅著	哲學
178.	靜軒時論選集	賴景瑚著	時評
179.	青年的路向	鄭鴻志譯	心理
180.	雨窗下的書	繆天華著	小品文
181.	人性與心理	孟廣厚著	心理
182.	自信與自知	彭歌著	散文
183.	文藝與傳播	王鼎鈞著	散文
184.	人海聲光	張起鈞著	散文
185.	橫笛與豎琴的晌午	蓉子著	新詩
186.	音樂創作散記	黃友棣著	音樂
187.	芭琪的雕像	胡品清著	散文
188.	中國哲學與中國文化	成中英著	哲學
189.	舊金山的霧	謝冰瑩著	散文
190.	說中華民族之花果飄零	唐君毅著	散文
191.	詩經相同句及其影響	裴普賢著	文學
192.	科學眞理與人類價值	成中英著	邏輯
119.	回顧錄①②③④	鄒魯著	傳記
194.	藝術零縑	劉其偉著	藝術
195.	白馬非馬	林正弘著	邏輯
196.	書生天地	陳鼎環著	散文
197.	王陽明哲學	蔡仁厚著	哲學
198.	童山詩集	邱燮友著	新詩
199.	海外憶	李慕白著	散文
200.	致被放逐者	彭歌著	散文

三民文庫已刊行書目 （四）

121.	樂藝	劉其偉著	藝術
122.	烽火夕陽紅	易君左著	回憶錄
123.	哲學與文化	吳經熊著	哲學
124.	危機時代的中西文化	顧翊羣著	文化論集
125.	自然的樂章	盧克彰著	散文
126.	筆之會	彭歌著	散文
127.	現代小說論	周伯乃著	論述
128.	美學與語言	趙天儀著	哲學
129.	一個主婦看美國	林慰君著	散文
130.	蘭隨苑筆	鍾梅音著	散文
131.	異鄉偶書①②	何秀煌 王劍芬著	散文
132.	詩心	黃永武著	文學
133.	近代人和事	吳相湘著	歷史
134.	白萩詩選	白萩著	新詩
135.	哲學三慧	方東美著	哲學
136.	綠窗寄語	謝冰瑩著	書信
137.	淺人淺言	洪炎秋著	散文
138.	危機時代國際貨幣金融論衡	顧翊羣著	經濟
139.	家庭法律問題叢談	董世芳著	法律
140.	書的光華	彭歌著	散文
141.	燈下	葉蟬貞著	散文
142.	民國人和事	吳相湘著	歷史
143.	詞箋	張夢機著	文學
144.	生命的光輝	謝冰瑩著	散文
145.	斯坦貝克攜犬旅行	舒吉譯	遊記
146.	現代文學的播種者	吳詠九著	文學
147.	琴窗詩鈔	陳敏華著	新詩
148.	大衆傳播短簡	石永貴著	論述
149.	那兩顆心	林雪著	散文
150.	三生有幸	吳相湘著	傳記
151.	我及其他	劉枋著	散文
152.	現代詩散論	白萩著	新詩
153.	南海隨筆	梁容若著	散文
154.	論人	張肇祺著	文化哲學
155.	孤軍苦鬪記	毛振翔著	傳記
156.	回春詞	彭歌著	散文
157.	中西社會經濟論衡	顧翊羣著	經濟
158.	宗教哲學	錢永祥譯	哲學
159.	反抗者①②	劉俊餘譯	論述
160.	五經四書要旨	盧元駿著	文學

三民文庫已刊行書目（三）

81.	一樹紫花	葉蘋著	散文
82.	水晶夜	陳慧劍著	散文
83.	胡巡官的一天	金戈著	小說
84.	取者和予者	彭歌著	散文
85.	禪與老莊	吳怡著	哲學
86.	再見！秋水！	畢璞著	小說
87.	迦陵談詩①②	葉嘉瑩著	文學
88.	現代詩的欣賞①②	周伯乃著	文學
89.	兩張漫畫的啓示	耕心著	散文
90.	語小集	蕭冰著	散文
91.	社會調查與社會工作	龍冠海著	社會學
92.	勝利與還都	易君左著	回憶錄
93.	文學與藝術	趙滋蕃著	散文
94.	暢銷書	彭歌著	散文
95.	三國人物與故事	倪世槐著	歷史
96.	籠中讀秒	姚葳著	故事
97.	思想方法	秀河著	散文
98.	腓力浦的孩子	武陵溪著	時評傳記
99.	從香檳來的①②	彭歌著	小說
100.	從根救起	陳立夫著	論文
101.	文學欣賞的新途徑	李辰冬著	文學
102.	象形文字	陳冠學編著	文字學
103.	六甲之冬	沙岡著	小說
104.	歐氛隨侍記①②	王長寶著	日記
105.	西洋美術史①②	徐代德譯	藝術
106.	生命的學問	牟宗三著	哲學
107.	孟武續筆	薩孟武著	散文
108.	德國現代詩選	李魁賢譯	新詩
109.	祝善集	彭歌著	散文
110.	校園裡的椰子樹	鄭清文著	小說
111.	行與言	桂裕著	雜文
112.	吳淞夜渡	孟絲著	小說
113.	仙人掌	胡品清著	散文
114.	理想和現實	毛子水著	論述
115.	班會之死	碧竹著	小說
116.	二涼亭	吳樹廉著	小說
117.	六十自述	鄭通知著	傳記
118.	悲劇的誕生	李長俊譯	哲學
119.	一束稻草	吳怡著	散文
120.	德國詩選	李魁賢譯	新詩

三民文庫已刊行書目（二）

41.	寒花墜露	繆天華著	小品文
42.	中國歷代故事詩①②	邱燮友著	文學
43.	孟武隨筆	薩孟武著	散文
44.	西遊記與中國古代政治	薩孟武著	歷史論述
45.	應用書簡	姜超嶽著	書信
46.	談文論藝	趙滋蕃著	散文
47.	書中滋味	彭歌著	散文
48.	人間小品	趙滋蕃著	散文
49.	天國的夜市	余光中著	新詩
50.	大湖的兒女	易君左著	囘憶錄
51.	黃霧	朱桂著	散文
52.	中國文化中與國法系	陳顧遠著	法制史
53.	火燒趙家樓	易君左著	囘憶錄
54.	拋磚記	水晶著	散文
55.	風樓隨筆	鍾梅音著	散文
56.	那飄去的雲	張秀亞著	小說
57.	七月裡的新年	蕭綠石著	散文
58.	監察制度新發展	陶百川著	政論
59.	雪國	喬遷譯	小說
60.	我在利比亞	王琰如著	遊記
61.	綠色的年代	蕭綠石著	散文
62.	秀俠散文	祝秀俠著	散文
63.	雪地獵熊	段彩華著	小說
64.	弘一大師傳①②③	陳慧劍著	傳記
65.	留俄囘憶錄	王覺源著	囘憶錄
66.	愛晚亭	謝冰瑩著	小品文
67.	墨趣集	孫如陵著	散文
68.	蘆溝橋號角	易君左著	囘憶錄
69.	遊記六篇	左舜生著	遊記
70.	世變建言	曾虛白著	時事論述
71.	藝術與愛情	張秀亞著	小說
72.	沒條理的人①②	譚振球譯	哲學
73.	中國文化叢談①②	錢穆著	文化論集
74.	紅紗燈	琦君著	散文
75.	青年的心聲	彭歌著	散文
76.	海濱	華羽著	小說
77.	儍門春秋	幼柏著	散文
78.	春到南天	葉曼著	散文
79.	默默遙情	趙滋蕃著	短篇小說
80.	屐痕心影	曾虛白著	散文

三民文庫已刊行書目（一）

1.	鵝毛集	梁容若著	散文
2.	琦君小品	琦君著	散文
3.	我與文學	張秀亞著	散文
4.	兩地	林海音著	散文
5.	失去的影子	于吉著	小說
6.	海星	郭嗣汾著	小說
7.	作家印象記	謝冰瑩著	傳記
8.	知識論	何秀煌譯	哲學
9.	遯園雜憶	胡耐安著	傳記
10.	摘星文選	鍾梅音著	散文
11.	值得囘憶的事	宋希尙著	傳記
12.	囘國前後	陶百川著	日記
13.	語言的哲學	何秀煌譯	哲學
14.	囘憶與感想	徐世大著	傳記
15.	楊肇嘉囘憶錄①②	楊肇嘉著	傳記
16.	學生時代	薩孟武著	傳記
17.	印度文學欣賞	糜文開編著	文學
18.	水滸傳與中國社會	薩孟武著	歷史論述
19.	我在美蘇采風探眞	陶百川著	囘憶錄
20.	美國對華政策視透	陶百川著	外論著交
21.	我生一抹	姜超嶽著	傳記
22.	科學的哲學	何秀煌譯	哲學
23.	我的囘憶	謝冰瑩著	傳記
24.	天下大勢老實話	陶百川著	外交論著
25.	邏輯	何秀煌譯	哲學
26.	中年時代	薩孟武著	傳記
27.	吳鐵城囘憶錄	吳鐵城著	傳記
28.	我祇追求一個圓	鍾梅音著	散文
29.	秋瑾革命傳	秋燦芝著	傳記
30.	七十自述	淩鴻勛著	傳記
31.	教育老兵談教育	洪炎秋著	教育論述
32.	珊瑚島	呼嘯著	小說
33.	老莊思想與西方哲學	宋稚青譯	哲學
34.	忙人閑話	洪炎秋著	散文
35.	莊子	陳冠學譯	哲學
36.	實用書簡	姜超嶽著	書信
37.	近代藝術革命	徐代德譯	藝術
38.	詩詞曲疊句欣賞研究	裴普賢著	文學
39.	夢與希望	鍾梅音著	散文
40.	夜讀雜記①②	何凡著	散文